文字激扬青春
阅读点亮人生

梁晓声
2024. 7. 15
北京

这样的万千美丽的叶子,
无风时刻,在晴朗天空的衬托下,在阳光的照耀下,
如一幅足以使人凝住目光的油画,
一幅出自大师之手的点彩派油画。
有风抚过,
万千叶子抖瑟不止,金黄墨绿闪耀生辉,
涌动成一片奇妙的半空彩波,
令人产生诗情之思。

我爱雪。

我对雪有着一种缱绻的恋意。

童时,每下雪,便趴在窗台:

久久注视外面,望着雪花怎样无声无息地,

渐渐地,将大地上的一切都覆盖成白色的了。

于是世界在一个孩子眼前变得干净极了,美极了。

于是这孩子就想,世界若永远地这么干净这么美该多好呢?

人心情好时，会身不由己地站在窗前望向外边。

心情不好时，尤其会那样。

人冥想时喜欢望向窗外，忧思时也喜欢望向窗外。

连无所事事心静如水时，都喜欢坐在窗前望向外边。

眼为什么望向窗外？

因为心智想要达到比视野更宽广的地方。

人心也可视为一片土。
在这样那样的情况下,
有这样那样的种子,或由我们自己,或由别人,
一粒粒播下在我们的"心地"里了。
播在"心地"里的一切的种子,
皆会发芽,生长。
它们的生长皆会形成一种力量。

梁晓声
给少年的人世间
中小学课本里的名家名作
戎闰乾　主编

梁晓声　著

落叶赋

化学工业出版社
·北京·

图书在版编目（CIP）数据

落叶赋 / 梁晓声著；戌闰乾主编. -- 北京：化学工业出版社，2025. 6. --（中小学课本里的名家名作）.
ISBN 978-7-122-48058-3
Ⅰ. I267
中国国家版本馆CIP 数据核字第 2025L1N527 号

责任编辑：李　壬	内文排版：蚂蚁王国
责任校对：宋　玮	

出版发行：化学工业出版社（北京市东城区青年湖南街13号 邮政编码100011）
印　　装：三河市双峰印刷装订有限公司
880mm×1230 mm　1/32　印张 7¼　彩插 5　字数 180 千字
2025 年 8 月北京第 1 版第 1 次印刷

购书咨询：010-64518888
售后服务：010-64518899
网　　址：http://www.cip.com.cn
凡购买本书，如有缺损质量问题，本社销售中心负责调换。

| 定　价：38.00 元 | 版权所有　违者必究 |

总序

文字激扬青春,阅读点亮人生

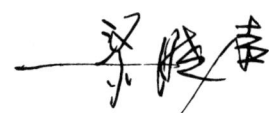

我的小友、出版人许挺来信与我联系,说他策划了一套"激扬青少年悦读文库",涵盖了多种文学类型和题材,能够满足不同年龄段和阅读水平的青少年的需求。他希望我能给这套文库写篇总序,鼓励青少年朋友多读书,用文字激扬青春,靠阅读点亮人生。

于是,我很虔诚地为这一套文库作序。

青少年朋友们,为你们所出版的丛书业已不少,然而我还是要很负责任地说,这一套文库无疑是值得你们阅读的。并且我相信,如果你们真的阅读了,确实对你们的成长是有益的。这是一套专门为中小学生选编的文学类课外阅读文库,是年轻的编辑小友为开阔和丰富你们的课外阅读视野而做的一件事情。

你们都是喜欢玩"网游"的孩子吗？我知道，你们十之八九是那样的。我绝不反对你们上网，连你们喜欢玩"网游"这一点也不反对。为什么要反对呢？青少年时期，本就是爱游戏的呀。但你们每天上网多久呢？一小时？两小时？抑或更长的时间？如果仅仅上网一小时，那么我相信，你们每个星期总归还会有几小时可以读读课外书。如果每天上网两小时以上，那么我斗胆建议你，节省出一小时来，读读书吧，比如，就是这一套文库。

在信息爆炸的当下，网络内容鱼龙混杂，优劣掺半，娱乐化甚嚣尘上，你们的阅读习惯正遭受前所未有的冲击。不少孩子沉迷于手机、平板上的碎片化信息，目光被浮光掠影的短视频、快餐式网文、游戏牢牢黏住，深度阅读、沉浸式思考变得稀缺。而阅读经典作品，恰是对抗这种"阅读贫瘠"的良方。文库精选的这些经典文章，带着岁月沉淀的思想性、艺术性与可读性，是提高青少年阅读能力、写作功底的精选范本，更是提升情感态度、价值观的温润基石。

回想起我自己的年少时光，书籍是贫瘠生活里最富足的滋养。那时阅读资源有限，一本好书往往要辗转多人之手，书页翻得发皱、边角磨损，可文字性的营养丝毫不减。今日的你们何其幸运，有这样一套文库在手，海量佳作，触手可及。

故我认为，读书于青少年成长，益处不言而喻。学业上，阅读是学好语文的前提，词汇运用、语感培养、逻辑梳理，皆在读好书中获得能力的提高；长远看，精神层面更是受益无穷。书里百态人生、万千境遇，教会大家困境中咬牙坚持、与人相处时宽容豁达、目睹苦难心怀悲悯。久而久之，身上自带"书卷气"，沉稳大气，伴你一生。

读书吧，青少年朋友们！就从这套文库读起吧。但愿这套文库能成为你们的架上书、枕边书。但愿这套文库能使你们渐渐成为不仅喜欢上网，也喜欢读书的人。但愿在你们中年的时候，别人谈论起你们，将会说："噢，那是一个喜欢读书的人。""啊，那个人的书卷气质给我留下特别的印象。"

高尔基说："书籍包含着我们的先人，以及我们同代人的灵魂，书籍似乎就是人们在全世界范围内对本身事业的谈论，就是人类心灵关于生活的记载。"

于我而言，书是贯穿一生的挚友。童年匮乏时，书籍为我打开新世界大门；创作路上，是灵感源泉与心灵慰藉。

而一位罗马皇帝的临终遗言则是："我最初的故乡是书本。"

同学们，为自己拥有那一"故乡"而读这套文库吧！尽管我们都不会愚蠢地梦想当皇帝……

真心期望这套文库也能融入你们的生活，成为你们的知心好友。不管是识字不久的小学生,还是即将备战大考的初中生、高中生,翻开它,寻一处安静的角落沉浸其中,遇困惑、触动处多思量;读完若收获知识、心生暖意,便不枉一读。

目录

辑一　落叶赋

落叶赋 / 2

种子的力量 / 10

"绿叶"断想 / 17

我养鱼，我养花 / 20

灯前抒雪 / 25

小月河——紫薇桥 / 31

一天的声音 / 39

我愿意再去一次的地方 / 44

辑二　狡猾是一种冒险

狡猾是一种冒险 / 50

感觉动物 / 61

狮、人及其他 / 96

虎年随想 / 101

狍的眼睛 / 106

"十姐妹"出走 / 114

咪妮与巴特 / 120

老虾 / 128

关于蚁的杂感 / 134

关于蜂的杂感 / 141

倘我为马 / 147

辑三 人生和它的意义

人生和它的意义 / 154

"手帕人生"上的小人儿 / 162

做竹须空,做人须直 / 164

蝶儿飞走 / 170

眼为什么望向窗外 / 175

窗的话语 / 181

沉默的墙 / 187

蛾眉 / 196

有裂纹的花瓶 / 207

静好的时代 / 217

辑一

落叶赋

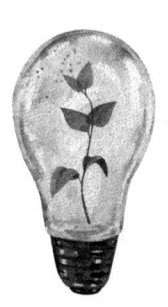

落叶赋

我曾写过些短文,或记某事,或忆某人,大抵并非虚构。好比拾一片叶子夹在书中,目的不在于做书笺,而在于长久保存住它。我皆可讲出在什么地方,什么时候,为什么在一片落叶之中偏偏拾起某一片。它们常使我感到,生活原本处处有温馨。哪怕仅仅为了回报生活对我的这一种慷慨赠予,我也应将邪恶剔出灵魂以外。如剔出扎在手指上的刺,或抖落爬到身上的毛虫。

一九七七年我刚大学毕业分配到北影时,体质很弱,又瘦又憔悴。肝脏病、胃溃疡、心动过速和严重的神经衰弱,使我终日无精打采。我心情沮丧之极,仿佛患了忧郁症似的。每每顾影自怜。

友人们劝我必须加强身体锻炼,我自己也这么认为。于是每天清晨跑步。先在厂内跑一圈，后来跑出厂去，跑至北航校门前绕回来。祛病心切，结果适得其反。

又有友人建议我学太极拳。

我问跟谁学。

他说："这还用专门拜师么？咱们北影院墙外的小树林里，不是有许多天天在那儿打太极拳的老人？"

于是我每天清晨再跑步，开始光顾那一片小树林。那里，柿树的叶子很美的，正值夏末秋初季节，它们的主体依然是绿色的，但分明地，已由翠绿变成墨绿了。那一种墨绿，绿得庄重，绿得深沉。它们的边缘，却已变黄了。黄得鲜艳，黄得烂漫，宛若镀金。墨绿金黄的一枚叶子，简直就像一件小工艺品。如此这般的蔽空一片，令人赏心悦目，胸襟为之顿开，为之清爽。

在那林中徐旋缓转，轻舒猿臂，稳移鹤步的，全是老人。几乎没有一个四十岁以下的人，使二十七八岁的我觉得自卑，觉得窘迫，觉得手足无措，怕笨拙生硬的举动，会使自己显得滑稽可笑。

我躲在林子的最边儿，占据了几棵树之间的狭小空地，顾左右而暗效之。我觉得一个瘦小的老头儿最该是我的楷模。他的套数很娴熟，动作姿态极为优美。一举手一投足，好比是在舞蹈，我却很难跟上他的套数。多日后，连"抱球""摸鱼"这样的基本动作，还模仿得不成样子。

一天那老头儿走向我的"绿地"。瘦小的老头儿一副形销骨立的样子，仿佛衣裤内已没有什么很实在的内容。一阵旋风，足以将他裹卷上天空，起码刮到新街口去似的。但他两眼却炯炯有神，目光矍铄，而且透露着近乎冷峻的镇定。他仿佛功夫片的老侠士，面临决死的挑战，毫无惧色，执念一搏。

他本已做完了一套，走到离我四五步远处，站定，转身，重做。

前推后抱，左五右六，很慢很慢，慢得似电影的慢镜头。我不失时机跟着学做了一遍。之后他回身笑问："刚开始学？"我不好意思地说："是的。看别人做得挺容易，自己真学起来却怪难的，都不想学了。"他说："别不想学了啊，今后就跟我学吧！我天天来这儿。""那太好了！"——我喜出望外。他上下打量我片刻，又问："你有病？"我已将他视为师傅，如实告诉他我有些什么病。他说："人往往有病之后，才开始珍惜身体，锻炼身体。年轻的，年老的，大多数人都这样，我自己也是。不过你那几种病，不是什么难治的病。生活要有规律，饮食也要有规律。要遵照医嘱服药，再加上坚持锻炼，我保你半年之后就会健康起来的。你年纪轻轻的，身体这么弱，将来怎么成？一个身体不好的人，会觉得连生活也没意思的。"

他说的这些话，别人也对我说过。我常认为是些廉价的安慰之言。但经由这位"师傅"口中说出，似别有一番说服力，另有一番真诚在内。

我诺诺连声，从内心里对他产生了恭敬。

他说："初学乍练的人，都有些不好意思。尤其你们年轻人，好像一比画起太极拳来，就自己将自己归入老人之列了似的。你跟我学，首先要克服这种心理。太极拳有好几套，不同套数对不同的病有间接的疗效作用。从明天起，我要教你一种适合于你的套数。"

我非常感激这一位素昧平生的老人对我的一份儿真诚和良苦用心。同是体弱人，同病相怜之情油然而生。我犹豫一阵，还是忍不住问："老人家，那您有什么病呢？""我么，"他又微笑了，以一种又淡泊又诙谐的口吻说，"我的病，和你的病比起来，就大不一样了！甚至可以被医生，被别人，也被我自己认为根本就没有病了。我之所以还天天来这里，是因为除了你，还有不少人希望跟我学，希望得到我的指导呵。"

他颇得意。那是一种什么怪病？大概也就是神经失调之类的病吧？难怪他对自己的病并不太以为然，挺乐观的了。初识，我未再冒昧问什么。

第二天我醒晚了。睁开眼看表，已七点半多。慵慵懒懒地不起床，心想那老头儿，未必会在小树林里等我。不过几句话的交谈，谁那么认真地当"师傅"？可心里总归有些不安定，万一人家真在等着哪？终于还是起了床，去到了小树林。小树林里已经只有一个人。那位老人，他居然真的在等我。这老头儿！也未免太认真了！我很羞愧，欲编个理由，解释几句。不待我开口，他便说："跟我学吧！"于是他在前，我在后，做了一套与昨天完全不同的太极拳。之后，我做，他从旁观看，指点，口述套数，不厌其烦一遍一遍示范，甚至摆布我的腿臂，以达到他所要求的准确性，做得好时还不时鼓励几句。好像我将代表中国去参加亚运会或奥运会，而他是我的教练，希望我一举夺魁，获冠军得金牌。

分手时，他说："练太极拳，讲究呼吸吐纳之功，清晨空气清新，有益于净化脏腑。又讲究心静、眼静、神静，到了现在这时候，满街车水马龙的，噪音大，空气污浊了，练也无益，反而对身体有害，对不对？"

他一点儿也没有批评我的意思，只不过认为，向我讲明白这些，乃是他的责任。我羞愧难当，连说："对，对。"他又说："我这个人哪，有三种事最容易使我伤感：一是我养的花儿死了；二是我养的鱼死了；三是看到年轻人病病弱弱的，却还不注意锻炼，增强体质，也不善于锻炼，不知道如何增强体质。你们年轻人将来是咱们中国的主人啊！这不是空洞的大道理。身体不好，于自己，于家庭，于工作和事业，于民族和国家，都无利。明天见。"

他说完，就头也不回地匆匆走了。以后我特意买了个小闹钟。以后我再也没让他等过我。一个多月后，我已动作很自信，姿势很准确了。有些初学者，也开始羡慕地望着我了。每每地，当我停止，便会发现，身后有些人在跟着我学。而那老人，到树林深处，去带去教另一批"学生"了。那时气功还没成为"热",也没像现在这般普及,健身的人们,都热衷于太极拳。

柿树的叶子,那一抹金边儿,黄得更深、更烂漫了。实际上,每一片叶子,其主体基本已是金黄色了,仅剩与叶柄相近的那一部分还是墨绿的。倘形容一个月前的叶子,如碧玉被精工巧匠镶了色彩对比赏心悦目的金黄,那么此时的叶子,仿佛每一片都是用金箔百砸千锤而成,并且嵌上了一颗墨绿的珠宝。这样的万千美丽的叶子,无风时刻,在晴朗天空的衬托下,在阳光的照耀下,如一幅足以使人凝住目光的油画,一幅出自大师之手的点彩派油画。有风抚过,万千叶子抖瑟不止,金黄墨绿闪耀生辉,涌动成一片奇妙的半空彩波,令人产生诗情之思。而雨天里,乳雾笼罩之中,则更是另一番幽寂清郁了……

不久我感到小树林中缺少了什么,缺少了一身褪色的紫红运动衣,那老人每天穿的正是那样一套运动衣。美好的小树林中缺少了那老人的身姿,于我,似乎缺少了美好的一部分,缺少了对美好的体会。一天、两天、三天,接连许多天,他一直没再来到小树林里。我向别人询问,都说认识他,甚至说太熟悉他了。只是没一个人说得出他的名字,家住哪里。人们对于他又几乎一无所知。我也是。然而我想他必定还会来,也不过只是向人们问问而已。

大约又过了半个月。树叶全黄了,由金黄而橘黄。那一种泛红的橘黄,证明秋之魅力足以与夏比美。每一个领略到这种美的人，骑车的也罢，步行也罢，常会边望边走；或不禁驻足观赏，翔立冥思。年轻人，尤其年轻的情侣们，开始出现在小树林里，摆出各种美的或自以为美的姿态照相了。

树上，泛红的橘黄的叶隙间，隐约可见一个个绿果——虽长得够大了还没经霜的柿子。一场秋雨后，大部分树叶落了。我仍每天到小树林去习太极拳。我的坚持不懈，也是为着希望再见到那老人一面。

又一天，小树林里出现了一位姑娘。她不像是来锻炼的，分明是来寻找人的。我的年龄最轻，她一发现我，就朝我走来。"请问，您认识一位穿紫红色运动衣，身材瘦小，以前每天来这里打太极拳的老人么？"待我做完全套动作，收稳脚步，她这么问。我说："认识呀！我跟他学的。他该算我师傅呢。"

"我是他女儿。他嘱咐我，一定要将这个亲自交给你。这是他在床上写的画的，希望你今后也能带别人教别人。"

那是一套自己装订的太极拳图。图旁，细小而工整的毛笔字，注了行行说明。那当然并非什么秘籍，不过是供人初学的自编"教材"。

"你父亲他怎么这么多天没来？这儿除了我，还有许多认识他的人。我们常在一起谈到他，都挺想他的。"

"他去世了，前天去世的。他患的是骨癌，检查出已经晚期了，扩散了。"

"什么……什么时候？"

"半年前。我父亲让我嘱咐你，千万不要告诉认识他的其他人。他知道有些人也患着同样的病，对那些人精神乐观很重要。他希望你转告其他人，就说他病彻底好了，身体很健朗，回老家住去了。"

望着她离去的背影，我一时呆住了。我照那姑娘的话，照她父亲的嘱咐和希望做了。凡说认识他熟悉他的人，皆从他"康复"的"事实"获得了极大的鼓舞、极大的信念。

如今，在各个地方，练气功的人多了，打太极拳的人少了，每当望见他们，我便想起了那一位瘦小的穿一身褪了色的紫红运动衣的老人。我的记忆中，便又多了一片"叶子"。我写此事时，内心里油然充满了对人对生活的温馨。正是这一点，使我的心灵获得有益滋补，使我的心灵比身体要健康得多。

种子的力量

当然,种子在未接触到土壤的时候,是没有任何力量可言的。尤其,种子仅仅是一粒或几粒的时候,简直那么渺小,那么微不足道,那么不起眼,谁会将一粒或几粒种子的有无当成回事呢?

我们吃的粮食,诸如大米、小米、苞谷、高粱……皆属农作物的种子;桃和杏的核儿,是果树的种子;柳树的种子裹在柳絮里,榆树的种子夹在榆钱儿里;榛树的种子就是我们吃的榛子,松树的种子就是我们吃的松子……都是常识。

像许多人一样,我对种子发生兴趣,首先由于它们的奇妙。比如蒲公英的种子居然能乘"伞"飞行;比如某些植物的种子带刺,是为了免得被鸟儿吃光,使种类的延续受到影响;而某类披绒的种子,又是为了容易随风飘到更远处,占据新的"领地"……关于种子的许多奇妙特点,听植物学家们细细道来,肯定是非常有趣的。

我对种子发生兴趣的第二方面,是它们顽强的生命力。它们怎么就那么善于生存呢?被鸟啄食下去了,被食草类动物吞食下去了,经过鸟兽的消化系统,随粪排出,相当一部分种子,居然仍是种子。只要落地,只要与土壤接触,只要是在春季,它们就"抓住机遇",克服种种条件的恶劣性,生长为这样或那样的植物。有时错过了春季,它们也不沮丧,也不自暴自弃,而是本能地加快生长速度,争取到了秋季的时候,和别的许多种子一样,完成由一粒种子变成一棵植物进而结出更多种子的"使命"。请想想吧,黄山那棵"知名度"极高的"迎客松",已经在崖畔生长了多少年了啊!当初,一粒松子怎么就落在那么险峻的地方了呢?自从它也能够结松子以后,黄山内又有多少松树会是它的"后代"呢?飞鸟会把它结下的松子最远衔到了何处呢?

我家附近有小园林。前几天散步,偶然发现有一蔓豆角秧,像牵牛花似的缠在一棵松树上。秧蔓和叶子是完全地枯干了。我驻足数了数,共结了七枚豆角。豆荚儿也枯干了。捏了捏,荚儿里的豆子,居然相当饱满。在晚秋黄昏时分的阳光下,豆角静止地垂悬着,仿佛在企盼着人去摘。

在几十棵树的一片松林中,怎么竟会有这一蔓豆角秧完成了生长呢?

哦,倏忽间我想明白了——春季,在松林前边的几处地方，有农妇摆摊卖过粮豆……

为了验证我的联想，我摘下一枚豆角，剥开枯干的荚儿，果然有几颗带纹理的豆子呈现于我掌上。非是菜豆，正是粮豆啊！它们的纹理清晰而美观，使它们看去如一颗颗带纹理的玉石。

那些农妇中有谁会想到，春季里掉落在她摊床附近的一颗粮豆，在这儿会度过了由种子到植物的整整一生呢？是风将它吹刮来的？是鸟儿将它衔来的？是人的鞋在雨天将它和泥土一起带过来的？每一种可能都是前提。但前提的前提，乃因它毕竟是将会长成植物的种子啊！……

我将七枚豆荚都剥开了，将一把玉石般的豆子用手绢包好，揣入衣兜。我决定将它们带回交给传达室的朱师傅，请他在来年的春季，种于我们宿舍楼前的绿化地中。既是饱满的种子，为什么不给它们一种更加良好的，确保它们能生长为植物的条件呢？

大约是一九八四年，我们十几位作家在北戴河开笔会。集体散步时，有人突然指着叫道："瞧，那是一株什么植物呀？"——但见在一片蒿草中，有一株别样的植物，结下了几十颗红艳艳的圆溜溜的小豆子。红得是那么抢眼，那么赏心悦目。红得真真爱煞人啊！

内中有南方作家走近细看片刻，断定说："是红豆！"

于是有诗人诗兴大发，吟"红豆生南国，春来发几枝"之句。

南方的相思红豆，怎么会生长到北戴河来了呢？而且，孤单单的仅仅一株，还生长于一片蒿草之间。显然，不是人栽种的。也不太可能是什么鸟儿衔着由南方飞至北方并且自空中丢下的吧？

年龄虽长，创作思维却最为活跃浪漫的天津作家林希兄，以充满遐想意味的目光望那艳艳的红豆良久，遂低头自语："真想为此株相思植物，写一篇纯情小说呢！"

众人皆促他立刻进入构思状态。

有一作家朋友欲采摘之，林希兄阻曰："不可。愿君勿采撷，留作相思种。数年后，也许此处竟结结落落地生长出一片红豆，供人经过时驻足观赏，岂非北戴河又一道风景？"

于是一同离开。林希兄边行边想，断断续续地虚构一则缠绵悱恻的爱情故事，直听得我等一行人肃静无声。可惜十几年后的今天，我已记不起来了，不能复述于此。亦不知他其后究竟写没写成一篇小说发表……

我是知青时，曾见过最为奇异的由种子变成树木的事。某年扑灭山火后，我们一些知青徒步返连。正行间，一名知青指着一棵老松嚷："怎么会那样！怎么会那样！"——众人驻足看时，见一株枯死了的老松的秃枝，遒劲地托举着一个圆桌面大的巢，显然是鹰巢无疑。那老松生长在山崖上，那鹰巢中，居然生长着一株柳树，树干碗口般粗，三米余高。如发的柳丝，繁茂倒垂，形成帷盖，罩着鹰巢。想那巢中即或有些微土壤，又怎么能维持一棵碗口般粗的柳树的根的固

13

扎呢？众人再细看时，却见那柳树的根是裸露的——粗粗细细地从巢中破围而出，似数不清的指，牢牢抓住着巢的四周。并且，延长下来，盘绕着枯死了的老松的干。柳树裸露的根，将柳树本身，将鹰巢，将老松，三位一体紧紧编结在一起。使那巢看去非常安全，不怕风吹雨打⋯⋯

一粒种子，怎么会到鹰巢里去了呢？又怎么居然会长成碗口般粗的柳树呢？种子在巢中变成一棵嫩树苗后，老鹰和雏鹰，怎么竟没啄断它呢？

种子，它在大自然中创造了多么不可思议的现象啊！

我领教种子的力量，就是这以后的几件事。

第一件事是——大宿舍内的砖地，中央隆了起来，且在夏季里越隆越高。一天，我这名知青班长动员说："咱们把砖全都扒起，将砖下的地铲平后再铺上吧！"于是说干就干，砖扒起后发现，砖下嫩嫩的密密的，是生长着的麦芽！原来这老房子成为宿舍前，曾是麦种仓库。落在地上的种子，未被清扫便铺上了砖。对于每年收获几十万斤近百万斤麦子的人们，屋地的一层麦粒，谁会格外在意呢？而正是那一层小小的、不起眼的麦种，不但在砖下发芽生长，而且将我们天天踩在上面的砖一块块顶得高高隆起，比周围的砖高出半尺左右⋯⋯

第二件事是——有位老职工回原籍探家，请我住到他家替他看家。那是在春季，刚下过几场雨。他家灶间漏雨，雨滴顺墙淌入了一口粗糙的木箱里。我知那木箱里只不过装了满满一箱喂鸡喂猪的麦子,殊不在意。十几天后的深夜,一声闷响,如土地雷爆炸,将我从梦中惊醒。骇然地奔入灶间,但见那木箱被鼓散了几块板,箱盖也被鼓开,压在箱盖上的腌咸菜用的几块压缸石滚落地上,膨胀并且发出了长芽的麦子泻出箱外,在地上铺了厚厚一层⋯⋯

于是我始信老人们的经验说法——谁如果打算生一缸豆芽,其实只泡半缸豆子足矣。万勿盖了缸盖,并在盖上压石头。谁如果不信这经验,膨胀的豆子鼓裂谁家的缸,是必然的。

我们兵团大面积耕种的经验是——种子入土,三天内须用拖拉机拉着石碾碾一遍,叫"镇压"。未经"镇压"的麦种,长势不旺。

人心也可视为一片土。

因而有词叫"心地",或"心田"。

在这样那样的情况下,有这样那样的种子,或由我们自己,或由别人,一粒粒播下在我们的"心地"里了。可能是不经意间播下的,也可能是在我们自己非常清楚非常明白的情况下播下的。那种子可能是爱,也可能是恨;可能是善良的,也可能是憎恨的,甚至可能是邪恶的。比如强烈的贪婪和嫉妒,比如极端的自私和可怕的报复的种子⋯⋯

播在"心地"里的一切的种子,皆会发芽,生长。它们的生长皆会形成一种力量。那力量必如麦种隆起铺地砖一样,使我们"心地"不平。甚至,会像发芽的麦种鼓破木箱、发芽的豆子鼓裂缸体一样,使人心遭到破坏。当然,这是指那些丑恶的甚至邪恶的种子。对于这样一些种子,"镇压"往往适得其反。因为它们一向比良好的种子在人心里长势更旺。自我"镇压"等于促长。某人表面看去并不恶,突然一日做下很恶的事,使我们闻听了呆如木鸡,往往便是由于自以为"镇压"得法,其实欺人欺己。

唯一行之有效的措施是,时时对于丑恶的邪恶的种子怀有恐惧之心。因为人当明白,丑陋的邪恶的种子一旦入了"心地",而不及时从"心地"间掘除了,对于人心构成的危险是如癌细胞一样的。

首先是,人自己不要往"心地"里种下坏的种子;其次是,别人如果将一粒坏的种播在我们心里了,那我们就得赶紧操起我们理性的锄子……

"人之性如水焉,置之圆则圆,置之方则方。"——古人在理之言也。

人类测试出了真空的力量。

人类也测试出了蒸汽的动力。

并且,两种力都被人类所利用着。

可是,有谁测试过小小的种子生长的力量么?

什么样的一架显微镜,才能最真实地摄下好的种子或坏的种子在我们"心地"间生长的速度与过程呢?

没有之前,唯靠我们自己理性的显微镜去发现……

"绿叶"断想

橄榄象征和平,天平象征法律,大熊猫作为"亚运会"的标志,已经是获得世人认同之事了。

那么该以什么来象征人类保护自然环境和文明使命呢?横想竖想,觉得"绿叶"是赏心悦目而且使人明朗的象征。

一片绿叶,可代表许多。生命之树常绿——包含着人对全世界自然环境的祈祝。故国外自然环境保护组织,自谓"绿色组织"。

无论美学、医学、心理学、神经学,现都已证明,绿色对人和人类的影响之大,是不容忽视的。正如红色使人亢奋,粉色使人缠绵,橘黄色诱发人的心理冲动,黑色使人联想到死亡的恐惧,长期在灰色的环境中居处使人情绪萎靡沮丧——绿色能使人宁静,使人镇定,能对人躁乱的心灵起到抚慰作用。所以王安石有诗云："绿阴幽草胜花时。"国外神经学、心理学专家和学者，已将绿色这一特殊"功效"，引入医学方面甚至向人们的日常生活方面推广。有的国家的法律规定，精神病院、心理疗养院的绿色必得超过有限视幅的三分之二；而有的国家的政府议事厅之类场合，墙壁、窗幔、地毯、桌布等，规定只能是绿色的。载于某报的一则趣闻告诉我，有些人原先并未注意到绿色，结果他们所选择的颜色使他们的政府官员和评论员们经常大动肝火，争论不休。本无什么大原则分歧之事，似乎也一定要争出个你是我非来。有些分歧之事，似乎一辈子也难以达成统一。日久天长，他们的妻子，不得不因丈夫们逐渐严重的某些征兆，就教于心理医生或精神分析专家，于是引起后者的重视和研究兴趣。于是由政府规定了以绿色取代他色的条例……

趣文毕竟是趣文，总难免多少带有花边色彩和言过其实的水分。可信可不信。但绿色之能够使人宁静，使人镇定，对于躁乱的心灵起到抚慰作用，甚至能帮助人养成冥思自省的好习惯，却是毋庸置喙的。唐朝诗人韦应物有诗句云"绿阴生昼静"，意思十分明白，是说经常绿色成荫，能使人在白天也产生寂寂的幽静之感。

人的生存，依赖于两大环境：自然环境和人文环境。人文环境是相当复杂的命题，与政治环境、经济环境、文化环境有着太密切的关系，并非每个人出于良好的愿望便能做积极有益的奉献。自然环境的问题，虽然也不是一个简单的命题，但相对于人文环境而言，毕竟单纯得多。爱护花草总比关心他人是更容易号召的事，愿意义务植树的人总比愿意义务献血的人多。美好的自然环境需要爱护。不美好的自然环境更需要治理，需要改造。自然环境其实也是宇宙生命总体的概念。当代人尊重生命美化生活的文明意识和文明愿望，在保护自然环境的前提下，含义将会也就应该会更为宽泛……

尤其令从事环境保护事业和环境文学研究的朋友们欣慰的，则肯定将是这样一个值得乐观的事实，那便是自然环境的绿化和美化，无疑会促进人文环境的"绿化"和优化。这一点早已被人类的科学态度和文明观念证明是世界性的具有普遍意义的经验了。经过绿化和美化的自然环境，可以向人们提供享受一片芳菲幽静之地方，赏心悦目一时，呼吸些新鲜空气，化解胸中块垒，重新鼓足热爱生活的信心和勇气。热爱生活之情，促美化环境之事，为之，不亦悦乎？人人为之，人人悦乎矣！

我养鱼，我养花

我也爱鱼。我也爱花。人长一双眼睛，总希望看到些悦目的颜色，总希望看到些美丽的东西。否则岂非辜负了自己的一双眼睛么？"赏心悦目"这个词，其实很应该反过来说的。首先目悦之，而后心赏之，难道不是么？

如今的生活，已经变得相当丰富多彩了。可我几乎是个足不出户的人。终日伏案写作，抬头是墙，扭头是窗。窗的对面仍是墙——别的一幢楼的墙。目所见的颜色是极其单调的，心所赏的景物是极其局限的。久而久之，便觉得自己仿佛是一只小小盒子里的蜥蜴，于是对悦目的颜色和美丽的东西油然而生强烈的渴望……

我愿窗台上常有花儿开着，我愿桌上常有鱼儿在鱼缸里游着，使我在凝神思考之际有什么值得睹视的东西看着。为了满足自己这心愿，我便买了花盆和花，买了鱼缸和鱼。

先说花。我喜欢那些好看的草花，也就是老百姓说的"家常花"。不敢青睐那些名贵的花。它们太娇气，侍弄不得法，便会无可救药地死去。而我，又不可能像一位专宠专爱的郎君，太分心在它们身上。"家常花"则耐活多了。每天别忘了浇水，晒晒阳光，大抵就会慷慨地开放。即或几天内忘了浇水，忘了晒阳光，发现它们枯了萎了，"将功补过"一般也是来得及的。我曾从外地千里迢迢地带回家几盆花，但因易地之故，水土不服，都死了。当然，也有我的责任——照料不够。在我和花的关系中，坦率地说，我承认我一向较自私。花儿一厢情愿为我开，我为花儿服务却不够。一本书上讲，从这种现象似可判断一个男人对女性的态度。像我这样的男人，在对待女性的态度方面，又似该列入那么一种类型——也企盼着女性钟情于己，却不怎么能为人家做出牺牲。我扪心自问，觉得并不尽然，颇怀疑那本书的分析的科学性。但转而一想，也完全可能那本书的分析并不错，是我自己不能勇于正视自己的本来面目。不过呢，纵然那本书的分析千真万确是对的，我拿不可救药的自己也没什么好办法了。无非时时告诫自己，疏远女性，只拈花惹草而已。花草，吾所欲也。女性，亦吾所欲也。但花草较之女性，毕竟有似是而非的不同。于前者，缺乏责任感，不过是粗心罢了。于后者，则是男人的德行问题了。

现在的我，对花已培养起了几分责任感。虽谈不上"只恐夜深花睡去，故烧高烛照红妆"，该浇点水的时候浇水，该沐浴阳光的时候搬到阳光底下去，这些起码的责任还是能尽到的。我尽到了起码的责任，我养的那些"家常花"，也就为我无私地示翠绿，吐嫣红。我本对它们也没太高的期待，也就极满足了，并不想获得李清照那种"知否，知否，应是绿肥红瘦"的寂雅闲情，也不想获得秦观那种"有情芍药含春泪，无力蔷薇卧晓枝"的感怀怅心。倒是有几分曹组那种"着意闻时不肯香，香在无心处"的意外欣喜……

我望着我养的一些"家常花"开了，总会联想到胡适的几句话——花儿开了／我笑了／我觉花儿是为我开的了／我心里也像有花儿开了／花儿觉我是为它笑了／花儿开得也像笑了……记不很清了。大概就是这么个意思。我欣赏的不是胡适先生的诗句本身，而是他这几句话的意思。意思比他的诗句本身有意思。一个人能在细微处生愉悦，是怪难得的。我从养些"家常花"获得了这一点，便觉自己怪难得的，比以前的自己怪难得的……

再说鱼。我养的都是金鱼，品种最一般的金鱼。逛早市的时候买的，最贵的一元五角一条，便宜的一元钱两条。一元钱在今天居然能买两条有生命的小东西，有时甚至可以买到四条，你不能不认为这是一元钱所能买到的最美丽的东西了。我买的鱼儿们，在品种上被归为"草鱼"一类。在我看来，鱼儿能像它们那样美丽，也就够美丽的了。而且，它们的可贵处，像我养的"家常花"，都是很耐活的。我最先只买了两条，养在一个圆形的小鱼缸里。后来又买了两条，养在一个较大的方形鱼缸里。再后来索性又买了几条，共同养在一个更大的鱼缸里。鱼缸大，桌上是不能摆了，只好摆在阳台上。坐在窗前写小说，抬头可见金鱼在鱼缸里悠然自得地游，便觉得自己改善了自己寂寂甘苦的创作生涯，心中别是一种自慰。我对鱼儿们比对花儿们更有责任感些。每天按时喂食，隔几日换一次水，尽量使它们在清洁的水中活着。它们游得不生动了，我便会细细地透过鱼缸观察，怕它们病了。因为和花儿相比，鱼儿更是生命啊！死了一条鱼儿，也更比死了一株花儿感到内疚。最初的十几条鱼儿，本是养得很好的。鳞光闪耀，鳍尾透亮，在颇大的鱼缸里生活得相当"幸福"。后来妻说，鱼缸够大，理应多养些——一大片游过来，一大片游过去，那多好看。我一想象，也觉那将是很壮观的情形。于是又买了十几条。结果，就开始不停地死。可能新买来的鱼儿，在卖鱼人的鱼盆里饿着了，所以到了我这儿，必然抢食吃，有的便撑死了。也可能是鱼儿增多了，水中的氧不够了，有的闷死了。当然，也不排除新买的鱼儿有传染病的原因。总之，几乎"全军覆灭"。有一天从早到晚竟死了七条……

那几天我什么事儿也顾不上了。长时间地守在鱼缸前。有鱼蔫了，便捞出，放另一缸里单养，往水中兑药，抢救了几条鱼儿的生命……

养鱼使我对小生命培养起了尊重以及更大的责任感。我想，既然我把它们买回家了，那么，也就意味着，上天将它们交由我来照料了。对它们的生死,我岂能麻木不仁呢?为了养好它们,我特意买了一册北京出版社出的书《金鱼》。当然,也为它们置备了充氧器、滤水器……现在,在我的"关照"下,鱼儿们又"幸福"起来……

归根结底,虽然我为花儿和鱼儿付了点儿精力和时间,但它们也给我带来了生活的情趣儿。尽管我养的不过是一些"家常花"和最普通最便宜的鱼儿……

灯前抒雪

月初北京下了几场大雪,使我这生在哈尔滨长在哈尔滨的人心怀为之一爽。

北京的冬季不常降雪。我觉得北京的冬季不怎么像冬季。

我爱雪。

我对雪有着一种缱绻的恋意。世上任何一个女性,都不能使我心中产生同样的亲情。除了母亲。因为母亲是母亲。

童时,每下雪,便趴在窗台,久久注视外面,望着雪花怎样无声无息地,渐渐地,将大地上的一切都覆盖成白色的了。

于是世界在一个孩子眼前变得干净极了,美极了。于是这孩子就想,世界若永远地这么干净这么美该多好呢?"白雪公主"会不会驾着四头鹿拉的华丽雪橇,飞驰而来,停在院子里,向我招手,带我在雪的世界中各处玩耍呢?……

而窗台上，一小盘一小盘的萝卜缨、白菜心，开出赏心悦目的鹅黄色的小花儿，一簇簇的，使贫寒的家点缀着平凡的美。

那是母亲内心的冬天里的春天。

若在夜间下的雪呢？清晨一推开家门，不禁地"呀"一声，就喊母亲："妈，妈！下大雪了，下得好厚啊！"

便兴致勃勃地扫雪。觉着在为母亲做很重要的活儿了。那是"学雷锋"的年代，人们并不"各扫门前雪"。连院子里的雪也扫了。连胡同里的雪也扫了。情愿扫，不希图谁表扬。还滚雪球，还堆雪人，获得无尽乐趣。

爱雪大概是北方孩子的本性吧？

有几年哈尔滨的雪特大。感谢那些勤劳的尽职的马路清洁工们，将积雪一推车一推车地运到街头广场、街心公园，塑成白的虎、白的狮、白的骆驼、白的象……

人民是向往美的生活的。雪是大自然慷慨贻赠给北方人民的美。

在北大荒，有天深夜，我独自从团部赶回连队。一路大雪如羽，飘飘漫漫。我在一座山林中迷失方向，兜转几个小时，转不出那山、那林。我经历了一次"鬼打墙"。

我不怕鬼。鬼是不存在的。怕狼。狼的存在不是迷信。

然而我没有惊慌。因为我知道那座山不大。因为我知道那片林也不大。不大的一座山不大的一片林围困不住我。不下雪，不是在深夜，不是没有月光，我不会迷失方向。我自信我是能够走出那座山那片林的。

这是信念。人需要信念。

我不再循着自己的足迹走。"鬼打墙"实际是人上自己的当。不是上鬼的当。

我辨清了一个方向,不绕弯子地走下去,终于走出了那座山那片林。

这是经验。人应该善于总结经验。

一从"鬼打墙"闯出来,但见一派广袤的雪夜景色呈现眼前:白茫茫一片大地,铺展到沉沉的黑暗的远方——那里有一点灯光在迷蒙的雪幕中闪耀。那里是我的连队。河流的轮廓分明清晰。雪断然能覆盖大地,却不能彻底改变大地的本来面目。我顿悟——这便是大地谓之大地的豪迈的含义。

回头一望那座山林,在这白茫茫的广袤的大地上,越发显出了它的渺小。"寂寂更无人,纷纷雪积身。"山林中传出了狼的嚎叫。闯出了那山林,我连狼也不怕了。我仿佛觉得我是与这雪夜中的大自然融为一体了,狼是伤害不了我的。况且我正一步步向连队走,向人走去。我知道,我越走近人,狼越不敢走近我。四野静得出奇。那个夜晚的雪花又大又温柔。

前不久,友人来访,说他重返北大荒一次。

"那里的雪才美呢!满世界都是银光闪闪的。有天早晨,我在路上走着,见一个扎鲜艳的红头巾的少女,用爬犁拖着一桶水迎我走来。红头巾将她的脸也映得红红的。我觉得她真是妩媚极了，可爱极了。白色的世界中，倏然闪入眼帘一团艳红，一张天真纯洁的如桃花似的少女的脸，想想看，那是什么情形啊！我忍不住走上前，在她脸颊上吻了一下。她可并没生气，她微微地含羞笑了，真的！……"友人喋喋不休地对我讲。

我也笑了。

他问："你讥笑我？"

我说："不啊，我很感动呢！"

我想，若我是他，我也会忍不住吻那少女的脸颊一下。

海也许会使生活在海边的人深沉吧？

山也许会使生活在山中的人稳重吧？

江河也许会使生活在江河旁的人温情吧？

草原也许会使生活在草原上的人豁达吧？

那么北方的雪能使我内心趋向于明朗，趋向于纯洁，趋向于童话般的美，趋向于净化的涅槃。我希望我的内心世界常如雪后的大地一样晶莹，却不希望心中覆盖着似雪非雪的一层什么，掩饰起滋生于灵魂的种种肮脏和丑恶。雪是能够冻杀虱子臭虫之类的。以前北方人常将衣服埋在雪中正是为了这个目的。我但愿我的内心里也有零下四十度的时候。

古往今来，咏雪的文人雅士很不少。咏雪的诗词联赋也挺多。唐人张孜，曾有句曰："长安大雪天，鸟雀难相觅。"记不清他的生平了，只知道他因了什么遭际，被迫改名换姓，渡淮南逃。他的诗大部分散佚，仅遗留下一首《雪诗》。而我尚未忘的，也就以上两句。雪大到"鸟雀难相觅"的情形，则无疑为患了。

几年前我在南京改稿，恰逢大雪，据说一九四九年后罕见。市内交通完全瘫痪。北往南来的铁路受阻，中断两日。编辑李纪同志深夜送我步抵火车站，陪至天明，深情每思不忘。张孜的《雪诗》大约不是赞其美而是怨其患的吧？

就我所读过的咏雪诗词中，最喜欢毛主席的《沁园春·雪》。

北国风光，
千里冰封，
万里雪飘。
望长城内外，
惟余（餘）莽莽；
大河上下，
顿失滔滔。
山舞银蛇，
原驰蜡象，
欲与天公试比高。
……

气魄何等恢宏！天地山河，尽收眼底，挥墨笔下！读来使人豪气回肠。"顿失"二字，力透纸背。能与之相提并论者，当首推陈毅同志诗：

　　大雪压青松，
　　青松挺且直。
　　要知松高洁，
　　待到雪化时。

　　摈豪气于诗外，贯浩气于诗中。直而白。直白出人格之刚正不阿，威武不能屈。我曾亲见一株大松，被雪挂压折粗枝，宛如斗士被砍伤的手臂，铮铮然垂撑地面。松与柳的不同，盖在一个"挺"字。

　　除了南北极带喜马拉雅山峰，"天公"所降之雪，大抵总是要化的。雪化了，又一个春天便会到来了。归根结底，春天是比冬天更显得生机勃勃、万物复苏的。

　　我们共和国的又一个春天啊，你这爱雪的北方的儿子亦拳拳地期待着你……

小月河——紫薇桥

住在北影时，就知道有小月河。然而不知道究竟是条怎样的人造小河，也不知道河边是怎样的人造风景。尽管出了北影后门，走过生活区，跨过条小路，绕过道小岗，便是了。

儿子的"干妈干爸"，邻居小袁、老修夫妻，常想把我从家中驱赶到外边。老修不姓修，姓邢，叫邢培修。如今在北影也算是位老摄影师了。摄过《四世同堂》《五虎闹天桥》等。我常寻思，他的名字，经过"文革"的考验竟不曾改，实在是件幸免之事。从字义和谐音义直译，不就是"培养修正主义"还"行"么？怎么竟让他溜过来了呢？

"晓声，别总关在屋子里写呀看呀的，到后山去走走嘛！瞧你脸都绿啦！"

每每地，他端着仿佛须臾不离手的茶杯——某类罐头瓶废物利用那一种——诲人不倦地教导我些起码的养生之道。

所谓"后山",乃是将北影生活区及那条小路与小月河隔开的那道小岗。由挖河的泥土堆积而成。

小袁有时则干脆命令我:"你放下笔别写了,到后山去吧!两个小时之后再回来,也让我们在你家高谈阔论两小时!"

然而始终不曾光顾过小月河,被"排挤"出家门,最多也只是在北影厂院里走走。

调至童影,离小月河,或者说离后山更近了。如果从窗口以目测距离算,只有三十来米。近得可以望清一只蝴蝶或一只蜻蜓,落在哪一朵野花儿或哪一茎树梢上。却仍没绕过小岗光顾小月河。但经常打内心里滋长出这么一种憧憬——坐于一片绿草地上,或漫步林间,该是多么美好的事呵!人真是很古怪的东西。事实上恰恰是发生在我们周围的变化,甚至正是发生在我们身旁的变化,并不引起我们的关注。我们总习惯将憧憬的目光超越过我们目前的视野范围……

第一次绕过小岗是某一天晚上陪父亲遛弯儿。那时父亲的生命已快到尽头,没多少时日了。我当然是知道的。回想起来,父亲当然也是知道的。不过他装得什么都不知道。只要他自己还能走,他则坚持到户外去走走。然已经虚弱得走几步就坐在路沿儿上歇一会儿。从那一天以后,有空儿我就挽着他绕过小岗在小月河边遛弯儿。再后来他一步也走不动了。我便扶他下楼,扶他坐上我专为拉他去医院看病买的三轮车，在林间与河畔的小路上，缓缓地骑……

父亲逝后，我从情感上依恋起小月河来。我想，那更是对我陪父亲度过最后几日时光的地方之依恋吧……

早晨或晚上，我渐渐习惯了去散步。有时流连忘返。一到六月以后，冬季里光秃秃的土岗，也就是"后山"，全被绿所覆盖了，见不到一寸土色。北影的、总参测绘局离退休的老人们，将每一寸树木所不能占领的空隙，全种上了植物。玉米、向日葵、豆角儿什么的。灌丛蒿草繁殖极茂，将玉米、向日葵、豆角儿什么的欺得根本不能结实，也就成了植物而已。种的人却从不沮丧。年年照种。真正到了只事播种，不问收获的境界。我曾问过一位播种的人。他说："根本没希望结什么呀，种一片绿不是也挺好么？"于是我明白了，那纯粹是退了休的人，将某种自己喜欢做的事，当成有益无害的消遣来实践。

后山的树皆是松树，老松和新松。老松是原本就生长在那儿的，新松是从别处移植来的。老松成林，新松即将成林。松林和松林之间，有茵绿的草坪毗连。草坪和草坪之间，种着能开放得持久的花儿。那些朴素的花儿一片一片的，色彩很是赏心悦目。都是园林工人们栽的。他们定期来锄草、浇水。一季花儿开败了，再接着种上别类花儿。花儿一直能开到十一月末。去年第一场冬雪后，仍在雪中顽强地向人们奉献着。

花圃和花圃之间，水泥方砖铺就的甬路永远那么清洁。

石凳也是。走着的或坐着的人，我想大抵产生过愿意永远走下去或永远坐着的享受感。在日愈喧闹的城市，在居址的附近，有一座"后山"——尽管算不上什么山；有一条小河——尽管仿佛是静止的；有松林——尽管也算不上遮天蔽日；有草坪——尽管一片片的面积不大；有花圃——尽管开着的是些普通又朴素的花儿……也真够得上是城里人的一种福分了！而最重要的，当我们想到，这一切都是别人以劳动的方式奉献给我们的，也是我们生之所需、命之所恋的，就会情不自禁地问自己——我为别人创造了什么？我为别人奉献了什么？我之劳动，脑力的也罢，体力的也罢，是否也为我们的生活增添了什么有益的东西、美好的东西、值得享受一番的东西？

如今后山的人日渐多起来了。因为小月河上架起了一座桥。一座极寻常的小铁桥，定名为"紫薇桥"。不知由何而来。美好的名字。

如今小月河那边的园林化也初见成效了。但树还没长高，也还没形成林。草坪也没种植呢，面积却规划出来了。小月河那边的居民，包括坐落在小月河彼岸的北京大学分校的教师和学生，一早一晚，三三两两的，通过"紫薇桥"云集过来。

人一多，后山似乎显得太小了。于是这边的人碰见，免不了互相说：

"唉，以前多幽静的地方啊！"

"还不是因为那边的人都往这边来了嘛！"

"是啊是啊,风景这边独好。"

"那边也会好起来的……"

足见,人们的心理上,对于绿,对于水,对于树、草和花,对于幽静,多么偏爱,偏爱得都有点儿本位主义的意味儿了,都有点儿自私自利的意味儿了。

然而谁都明白,小月河不是国界,不是地界。"风景这边独好"的这边,不唯是这边人们的,也是那边人们的。那边的人们,有绝对的权利,从"紫薇桥"上过到这边来,与这边的人们,共同分享小月河以及后山的风景。何况,园林工人们,似乎对这边人们的心理不无洞悉,正每天加紧营造那边的园林。小月河风景两边都好的日子,是快来临了。届时,"紫薇桥"不只是那边人们走向这边的桥,也将是这边人们走向那边的桥了……

人多起来,人的行为景观也便多起来。在时间和空间共同占有方面,仿佛定下了什么规矩和原则。足见好的环境,是会培养人良好的公共意识的。小凉亭前空地面积大些,水泥方砖铺得平坦,于是有热心的男人女人义务在那儿教舞。交谊舞,什么慢四快四的。我不会跳舞,不懂,说不大正确。反正就是种种踏着音乐的全身运动吧。教的人极其认真,学的人也极认真。集体练气功的人们须静。要有心理场和物理场的特殊环境。故他们较远地躲着教舞和学舞的人们,在导师的带领之下,聚精会神地开通他们的"大周天"和"小周天"。

散步的，或曰"闲杂人等"，相当自觉，并不围观那两拨"集体主义者"，大抵绕道而行，避免干扰他们。而大学生们，喜欢坐在草地上聊天。情侣们，则往树木深茂处钻。别人就不往那些地方钻了。包括孩子们，似乎都明白，那些地方，是应该礼让的地方。每天，最先出现的，大约是些练气功的人，但不是那些初学者，而是那些开始自修甚至不同程度都有了点儿"道行"的人。据说，偶尔也能碰到"出山"的或没"出山"的称得上"师"的神秘人物。在他们之后"光顾"的，大约是些遛鸟儿的人，习剑的人，坚持每天跑步的中青年人。再后才是教舞和学舞的人。他们散去，会寂寥个把钟头。错过有工作的人们上班的时间，退了休的人们陆续出现。他们的时间较充足。他们往往从容不迫地更久些地勾留……

良好的环境，无疑可以养成人们良好的互不滋扰、互不触犯的存在意识。看似非常"自由化"的这一地方，仿佛具有某种建立在自觉之基础上的原则和秩序。这使我常常联想到人文环境方面——哪些地方的人心理行为或社会行为丑陋，哪些地方的人文环境肯定恶劣。反之也一样。

我是个喜欢花的人。可是由于缺乏经验，总侍弄不好，养得半死不活。每望着花圃里开得生动的一片片的花儿，便产生折一束带回家，插在瓶里美化自己小环境的念头。有一天我揣了一把小剪刀，故意在天黑后去。天黑后，依恋在那儿的人也不少，竟没下手的机会。像小偷打算偷东西似的，觉得似乎在被一双双眼睛监视着。其实并没人注意我，是我自己心虚。因为，几年来，还没有一个人，无论大人或孩子，折过一朵花或树枝。尽管并无牌子上写着"折花罚款"之类予以警告。某种自觉成为普遍的公德，警告和罚款也就没了意义。鬼鬼祟祟的我，竟始终不敢下剪子。实实在在的，是自己监视自己，并对自己的某种不良行为起到了阻止作用。回到家里，却也并不沮丧。倒是还有几分欣慰——毕竟，没成为小月河旁折花第一人呵……

又有一天，散步时下起小雨来，便躲入凉亭暂避。然而园林工人们不休息，一个个仍蹲着，用小锄松土、除草。他们似乎不在乎小雨。在凉亭里避雨的还有些人，望着园林工人们的劳作情形，分明地，人人心里都有所动。互相怂恿和鼓励着，打算推选出个人，请园林工人们也到亭子里避避雨，并对他们说些真诚的感谢的话。内中有认得我的，要求我去说。认为我是作家，该善于表达，是最义不容辞的。我觉得，代表大家去说这些，并非虚伪，也看得出都是真诚的。但又觉得，果然去说了，未免近于唐突。正犹豫，见有些撑着伞漫步的人，纷纷驻足了。一个撑伞者，似乎什么也没多想，便走到一位园林工人身旁，将伞向对方撑过去。于是都走到他们身旁，为他们撑举着伞遮雨，而不惜淋湿自己……

我和凉亭里众人，面面相觑，认为什么也不必去表达了。

如果没有他们，没有小月河，没有紫薇桥，没有后山，在周围高楼林立的城市这一隅，没有松林，没有花圃，没有草坪……我常想，每天到这里来的人们，生活该会是怎样的呢？遛鸟的，散步的，跑步的，教气功练气功的，教舞学舞的，该会在些什么地方做些什么事情聊以排遣"八小时以外"和离退休的边角时光呢？

一处美好地方，竟能改变多少人的生活内容，确定多少人的生活规律，滋润多少人的心灵世界和情绪空间呵！

但愿北京这样的地方多起来。

但愿不论城市或乡村，这样的地方多起来。

但愿我们在创造社会财富的同时，兼而想到，也为自己创造美好的生存环境。它也是我们生之所需、命之所依……

一天的声音

一天的声音,确乎首先是从底层发出的。在农村自不必说了,黎明鸡啼,静夜犬吠,一天的过程中牛哞马嘶,或农机作响,都伴随着农民的起息劳作。除了他们的身影,除了那一些声音,农村也不太常见别人的身影,听见另外一些声音。

农民是大地的一部分。在城市里,一天的声音也首先是从底层发出的。"嚓、嚓、嚓……"这是今天我听到的第一种声音。斯时我虽然醒了,却懒得起来。我一向如此,醒得很早,起得较晚。也许是老的预兆吧?我扭头向窗子望去——在窗帘拉不严的地方,一条玻璃是蓝色的,如同用浸了蓝墨水的抹布擦过似的。于是我知道,大约五点钟了。其实,不必看窗子,仅听那"嚓嚓"声,我也能对时间做出挺准确的判断——春节前北京下了一场大雪,被铲到路边的积雪至今没化尽。而我家楼前那一条小街是早市,积雪占了摆摊人们的摊位。自那以后,几乎每天五点钟左右,都能听到"嚓嚓"的铲雪声……

如果是夏天,听到的便是小贩们的说话声。夏天他们常睡在路边,怕的是别人占住他们的摊位。他们最怕的是蹬着平板车来时,摊位却被别人抢先占去了。

有那嗓门儿大的,说话声就会搅了我们这些城里人的清梦。大多数人家都是仅仅一扇纱窗隔着楼里楼外,其声聒耳。何况,楼外的露宿者们还每每争吵嬉闹……

便会有贪早觉的男人或女人大喝一声:"消停点儿,讨厌!"大抵是诸如此类的话。但城里人还想睡也睡不成多一会儿了。

渐渐地,说话声多了,终于形成一片——"早市"六点钟左右开始"营业"了。

首先穿过早市的,是骑着自行车身着校服的男女初中生、高中生。在冬季,六点钟左右,天刚刚亮。初中生高中生们,往往是他们家里最先迈出家门的人。

一月里的一天,北京正处在寒冷之中。我由于失眠,偶尔起早了,站在窗前吸烟。我从窗帘拉不严的地方向外看,天还黑着呢,路灯还亮着呢,大风从对面山坡上的树梢啸过,其声如哨……

我竟看见一个骑自行车的身影从街上来去。那身影很单薄，顶着风，猫着腰，缩着头，蹬得吃力的样子。我看出那是一名女学生。她一手扶把，一手拿着什么，边骑边吃。

她从我视线里消失之后不一会儿，我又看见了一个像她那样吃力地蹬着自行车的身影——还是一名学生的身影。还是一名女学生的身影。

接着是第三个身影，第四个身影，都是初中生或高中生的身影……

风太大，那一天没摆摊的人。除了风声，外面也再没别的声音。学生们成了最早出现于小街的人。他们的身影悄悄而来，悄悄而去。连摆摊的人也可以因为风大不出门，学生们却不可以据同样的理由不去上学啊……

望着渐多起来的学生们的身影，我心一阵愀然。他们的书包看上去是特别的沉重。

我家的门发出了开关之声，我知道儿子也去上学了……

一般来说，从六点到九点多，是小街声音最嘈杂的时候。而八点多钟的小街，可用"人满为患"一词形容。那时小贩们的叫卖声最响亮，有的还手持话筒。他们不仅来自京郊，也来自中国的各个省份。能听到东西南北各种口音。他们似乎都在心照不宣地比赛他们的叫卖声，仿佛那直接显示着他们的生存本领，就像汽车的发动声直接显示汽车的性能……

车流照例堵塞在小街的街口。那时候，如果只在小街上走，你会觉得人生其实是多么的单纯。各个摊位摆的大抵是吃的东西。菜蔬、粮食、鱼肉、水果以及早点等。少数摊位也摆穿的用的。穿的都很便宜，用的都是居家过日子的杂物……

望着街两旁的摊位，你会觉得，仅就"生活"二字而言，那早市满足一个人的需求已绰绰有余………

但是你若走到街口，去望那堵塞的车流，你往往会觉得眼乱心慌。仿佛人类的生活也堵塞在那儿了。十年前，那一条大马路上过往的车辆并不多。后来车辆一天比一天多。最新款式的国产车和最高级的进口车全在那条大马路上亮相，缓缓前驶，两旁是骑自行车的人。车流中夹挤着出租车。各种车辆的尾气，使马路上空如罩青雾……

坐在那些车里的城市人，是有地位的高低之分的。这是与早市上的市民之间不言自明的区别。

汽车的喇叭声、小贩的叫卖声此起彼伏。后一种声音是城市的晨曲，前一种声音是城市的"主旋律"。坐在车里的某一个人，很可能决定着早市在街上的取消或存在，很可能决定着股市风云，也很可能决定着早市上某些人的命运……

到了中午，小街上彻底安静下来了。只有承包了那一条小街卫生状况的外地民工，持帚清扫着早市垃圾……那一种安静一直维持到傍晚。傍晚大马路上的车流又堵塞了。傍晚学生们的身影又络绎出现在小街上，互相不太说话，也很少有结伴而驶的，都匆匆地往家里骑……

到了晚上九点多钟，一辆辆小车开入小街里来了。小街的街头，有一家歌厅。那一辆辆小车是奔歌厅来的。在夏季，歌厅传出的打击乐，小街另一头的人也听得到。

十点多钟，小车泊满了小街两侧……我家楼前小街的一天，也就开始向第二天过渡了……倘第二天无风，无雨，无雪；倘抑或有，并不多么大，那一天的起初的声音，依然是摆摊的人们所带动起来的。底层的声音，是直接为了生存而发出的声音，也是最容易被其他声音压住的声音。一天由底层的声音开始，由歌厅里传出的打击乐结束。在我家楼前那条小街上，一天又一天，几乎天天如此……

我愿意再去一次的地方

几乎人人都知道，贵州有一处著名的风景——黄果树瀑布。

但是知道贵州还有一处美丽的地方叫平塘的人，想来就不那么多了。

平塘是贵州一个县的名字。

到了贵州的人，如果仅去看过了黄果树瀑布，而竟没同时也到平塘去领略一下那里的迷人风光，我以为该算是一种遗憾，甚至也可以说，该算一种损失。

我如此赞美平塘，乃因我这个只到过贵州一次的人，与别人恰恰相反；没去看黄果树瀑布，却在平塘勾留往返整整一天。

此前，我对贵州的了解，是相当模糊的。

在我还是一个少年的时候，我的父亲作为新中国的第一代建筑工人，曾经在贵州的山岭间工作和生活过多年。那是所谓"大三线建设"的年代。

当年，我以一个小学生的稚拙的字体，在许多信封上写下过"贵州"两个字……

后来，我从中国新闻电影制片厂拍摄的风光纪录片中，看到过贵州的黄果树瀑布。当年，《人民画报》的第一期，还曾以黄果树瀑布作为封面……

再后来，"贵州"二字和我的一位大学同学莫贵阳的名字连在了一起。他自然是贵州人，我们友情深笃。莫贵阳毕业后被分配在贵州人民出版社，由而我开始熟悉了贵州的邮政编码和长途电话区号……

近两年我与"贵州"二字的关系又加深了——因为半个多世纪以前，即日军侵华时期，北大、清华等高校迁往云南，组成"联大"；当年，闻一多便是从云南去往贵州，接他的夫人高真和几个孩子的。我创作电视剧本《缪斯之子》，间接触摸到了当年贵州的脉象……

然综上所述，都只不过是我与"贵州"二字的间接亲密而已。

直至不久前的贵州之行，才终于使我对贵州有了一种较为感性的认识。

平塘——对我而言，它是一个闻所未闻的地方。确切地说，是贵州黔南地区的一个小县，但却是有百年以上历史的那一类，决然不是"80后"的"新生代"。

作为观光者的人，仅在平塘县城内走走看，那么他或她其实并不会感觉到，这一座小县城与西南各省的小县城有什么区别。所以，一定要逛逛它的沿江路段，只有那样，才会领略它水绕山环的妩媚。

我不想将平塘与威尼斯相提并论。事实上相比于威尼斯，平塘很小，而且也根本不能说是一座水城。但是，若将平塘比作小桂林，那么它倒真是有些当之无愧的。因为在全国很难找到另一座城市，会像平塘那样几乎完完全全地被一条河水围住了。平塘和那一条河水的关系，像一条曲线和一个实心圆的平面几何关系。曲线自然便是那一条温柔的河，如同打了一个结，将县城系在结中了。相比于某些空气污染严重的大城市，生活在平塘的人们，显然是享受着一种难得的福气，那里的空气指数一向优良呢！

从县城驱车半小时，便到达了古代地质化石公园。

这是中国很特殊的一处园址。因为它只有入门处，而没有另一处出去的门。也不可能有另一处出去的门。入得门来，便进入了山区。人即使走上一天，还是山区。再走上一天，也仍是山区。那是风光旖旎的山区。每隔百步，眼前便有不同的景观。可以肯定，迄今为止，还没有一个人将那公园逛遍过。一言以蔽之，它当得起是另一处九寨沟。

令我惊讶的是，在那公园的入口前方，有一处坝子。坝子的四周，居然有几个小小的自然村落。

九月，早稻已然收割了。坝子最平整的地块，满目金黄。下着如丝的细雨，然而天空却晴朗着。大约只有四周环山的坝子地带，才每现晴日落雨的气象吧？几匹马和几头牛的身影，或立在或卧在地里，一动不动，如同雕塑。

那情形，仿佛是一幅梵高的画。

最美的自然还是从山里流下来的泉水。即使是在那泉水积蓄的地方，水中也见不到一条小鱼。因为泉水太清澈了，鱼没有办法生存。当地人家，终年饮用之。是大自然赐予人类的环保之水。

我问公园的管理者，日后是否打算将那几个小小自然村里的人们赶走？

他们回答说并无此种考虑。"当地百姓的环保意识很强，从不做任何破坏环保的事情。恰恰相反，他们都已是自然环境的守护神。何况，你不觉得那几个小村的存在本身，也成为着美好的风景，与公园的景观浑然一体吗？"

我说："正是那样。"

平塘是令人流连忘返的。

我在公园内外不知不觉地观赏了三个多小时，然而也只不过是看到了它的一角。正如面对一位遮纱的阿拉伯女郎，我只不过看到了"她"的一双秀目。

平塘是迷人的。

它是我愿意再去一次的地方……

辑二

狡猾是一种冒险

狡猾是一种冒险

从前,在印度,有些穷苦的人为了挣点儿钱,不得不冒险去猎蟒。

那是一种巨大的蟒,一种以潮湿的岩洞为穴的蟒,背有黄褐色的斑纹,腹白色,喜吞尸体,尤喜吞人的尸体。于是被某些部族的印度人视为神明,认定它们是受更高级的神明的派遣,承担着消化掉人的尸体之使命。故人死了,往往抬到有蟒占据的岩洞口去,祈祷尽快被蟒吞掉。为使蟒吞起来更容易,且要在尸体上涂了油膏。油膏散发出特别的香味儿,蟒一闻到,就爬出洞了……

为生活所迫的穷苦人呢,企图猎到这一种巨大的蟒,就佯装成一具尸体,往自己身上遍涂油膏,潜往蟒的洞穴,直挺挺地躺在洞口。当然,赤身裸体,一丝不挂。最主要的一点是——脚朝向洞口。蟒就在洞中从人的双脚开始吞。人渐渐被吞入，蟒躯也就渐渐从洞中蜒出了。如果不懂得这一点，头朝向洞口，那么顷刻便没命了，猎蟒的企图也就成了痴心妄想了……

究竟因为蟒尤喜吞人的尸体，才被人迷信地图腾化了，还是因为蟒先被迷信地图腾化了，才养成了"吃白食"的习性，没谁解释得清楚。

我少年时曾读过一篇印度小说，详细地描绘了人猎蟒的过程。那人不是一个大人，而是一个十三岁的孩子。他和他的父亲相依为命。他的父亲患了重病，奄奄待毙，无钱医治，只要有钱医治，医生保证病是完全可以治好的。钱也不多，那少年家里却拿不起。于是那少年萌生了猎蟒的念头。他明白，只要能猎得一条蟒，卖了蟒皮，父亲就不至于眼睁睁地死去了……

某天夜里，他就真的用行动去实现他的念头了。他在有蟒出没的山下脱光衣服，往自己身上涂遍了那一种油膏。他涂得非常之仔细，连一个脚趾都没忽略。一个少年如果一心要干成一件非干成不可的大事，那时他的认真态度往往超过了大人们。当年我读到此处，内心里既为那少年的勇敢所震撼，又替他感到极大的恐惧。我觉得世界上顶残酷的事情，莫过于生活逼迫着一个孩子去冒死的危险了。这一种冒险的义务性，绝非"视死如归"四个字所能包含的。"视死如归"，有时只要不怕死就足够了，有时甚至"但求一死"罢了。而猎蟒者的冒险，目的不在于死得无畏，而在于活得侥幸。活是最终目的。与活下来的重要性和难度相比，死倒显得非常简单不足论道了……

那少年手握一柄锋利的尖刀，趁夜仰躺在蟒的洞穴口。天亮之时，蟒发现了他，就从他并拢的双脚开始吞他。他屏住呼吸。不管蟒吞得快还是吞得慢，猎蟒者都必须屏住呼吸。蟒那时是极其敏感的，稍微明显的呼吸，蟒都会察觉到。通常它吞一个涂了油膏的大人，需要二十多分钟。猎蟒者在它将自己吞了一半，也就是吞到自己腰际的时候，猝不及防地坐起来——以瞬间的神速，一手掀起蟒的上腭，另一手将刀用全力横向一削，于是蟒的半个头，连同双眼，就会被削下来。自家的生死，完全取决于那一瞬间的速度和力度。削下来便远远地一抛。速度达到而力度稍欠，猎蟒者也休想活命了。蟒突然间受到强烈疼痛的强刺激，便会将已经吞下去的半截人体一下子呕出来。人就地一滚躲开，蟒失去了上腭连同双眼，想咬，咬不成；想缠，看不见。愤怒到极点，用身躯盲目地抽打岩石，最终力竭而亡。但是如果未能将蟒的上半个头削下，蟒眼仍能看到，那么它就会带着受骗上当的大愤怒，蹿过去将人缠住，直到将人缠死，与人同归于尽……

不幸就发生在那少年的身体快被蟒吞进了一半之际——有一只小蚂蚁钻入了少年的鼻孔，那是靠意志力所无法忍耐的。少年终于打了个喷嚏，结果可想而知……

数天后，少年的父亲也死了。尸体涂了油，也被赤裸裸地抬到那一个蟒洞口……

三十多年过去了,我却怎么也忘不了读过的这一篇小说。其他方面的读后感想,随着岁月渐渐地淡化了,如今只在头脑中留存下了一个固执的疑问——猎蟒的方式和经验,可以很多,人为什么偏偏要选择最最冒险的一种呢?将自己先置之死地而后生,这无疑是大智大勇的选择。但这一种"智",是否也可以认为是一种狡猾呢?难道不是么?蟒喜吞人尸,人便投其所好,从蟒决然料想不到的方面设计谋,将自身作为诱饵,送到蟒口边上,任由蟒先吞下一半,再猝不及防地"后发制人",多么狡猾的一着!但是问题又来了——狡猾也真的可以算是一种"智"么?勉强可以算之,却能算是什么"大智"么?我一向以为,狡猾是狡猾,"智"是"智",二者是有些区别的。诸葛亮以"空城计"而退压城大军,是谓"智"。曹操将徐庶的老母亲掳了去,当作"人质"逼徐庶为自己效力,似乎就只能说是狡猾了罢!而且其狡其猾又是多么卑劣呢!

那么在人与兽的较量中,人为什么又偏偏要选择最最狡猾的方式去冒险呢?如果说从前的印度人猎蟒的方式还不足以证明这一点,那么非洲安可尔地区的猎人猎获野牛的方式,也是同样狡猾同样冒险的。非洲安可尔地区的野牛身高体壮,狂暴异常,当地土人祖祖辈辈采用一种与众不同的方式猎杀之。他们利用的是野牛不践踏、不抵触人尸的习性。

为什么安可尔野牛不践踏不抵触人尸,也是没谁能够解释得明白的。

猎手除了腰间围着树皮和臂上戴着臂环外,也几乎可以说是赤身裸体的。一张小弓,几支毒箭和拴在臂环上的小刀,是猎野牛的全副武装。他们总是单独行动,埋伏在野牛经常出没的草丛中。而单独行动则是为了避免瓜分。

当野牛成群结队来吃草时,埋伏着的猎手便暗暗物色自己的谋杀目标,然后小心翼翼地匍匐逼近。趁目标低头嚼草之际,早已瞄准它的猎手霍然站起放箭。随即又卧倒下去,动作之疾跟那离弦的箭一样。

箭在野牛粗壮的颈上颤动。庞然大物低哼一声,甩着脑袋,好像在驱赶讨厌的牛蝇。一会儿,它开始警觉地扬头凝视,那是怀疑附近埋伏着狡猾的敌人了。烦躁不安的几分钟过去后,野牛回望离远的牛群,想要去追赶伙伴们了。而正在这时,第二支箭又射中了它。野牛虽然目光敏锐,却未能发现潜伏在草丛中的敌人,但它听到了弓弦的声响。颈上的第二支箭使它加倍地狂躁,鼻子翘得高高的,朝弓弦响处急奔过去。它并不感到恐惧,只不过感到很愤怒。突然间它停了下来,因为它嗅到了可疑的气味儿,边闻,边向前搜索……

人被看到了!野牛低俯下头,挺着两支锐不可当的角,笔直地冲上前去,对那猎手来说,情况十分危险。如果他沉不住气,起身逃跑,那么他死定了!但他却躺在原地纹丝不动。野牛在猎手跟前不停地跺蹄,刨地,摇头晃脑,喷着粗重的鼻息,大瞪着因愤怒而充血的眼睛……最后它却并没攻击那具"人尸",轻蔑地转身走开了……

但这只是一种"战术"而已。野牛的"战术"。这"战术"也许是从它的许多同类们的可悲下场本能地总结出来的。它又猛地掉转身躯,冲回到人跟前,围绕着人兜圈子,跺蹄,刨地,眼睛更加充血,瞪得更大,同时一阵阵喷着更加粗重的鼻息,鼻液直喷在人脸上。而那猎手确有非凡的镇定力。他居然能始终屏住呼吸,眼不眨,心不跳,仰躺在原地,与野牛眼对眼地彼此注视着,比真的死人还像死人。野牛一次次杀了五番"回马枪",仍对"死人"看不出任何破绽。于是野牛反倒认为自己太多疑了,决定停止对那"死人"的试探,放开四蹄飞奔着去追赶它的群体,而这一次次的疲于奔命,加速了箭镞上的毒性发作,使它在飞奔中四腿一软,轰然倒地。这体重一千多斤的庞然大物,就如此这般地送命在狡猾的小小的人手里了……

现代的动物学家们经过分析得出结论——动物们不但有习性,而且有种类性格。野牛是种类性格非常高傲的动物,用形容人的词比喻它们可以说是"刚愎自用"。进攻死了的东西,是违反它的种类性格的。人常常可以做违反自己性格的事,而动物却不能。动物的种类性格,决定了它们的行为模式,或曰"行为原则"也未尝不可。改变之,起码需要百代以上的过程。在它们的种类性格尚未改变前,它们是死也不会违反"行为原则"的。而人正是狡猾地利用了它们呆板的种类性格。现代的动物学家们认为,野牛之所以绝不践踏或抵触死尸,还因为它们的"心理卫生"习惯。它们极其厌恶死了的东西，视死了的东西为肮脏透顶的东西，唯恐那肮脏玷污了它们的蹄和角。只有在两种情况下才发挥武器的威力——发情期与同类争夺配偶的时候以及与狮子遭遇的时候。它的"回马枪"也可算作一种狡猾的。但它再狡猾，也料想不到，狡猾的人为了谋杀它，宁肯佯装成它视为肮脏透顶的"死尸"……

比非洲土人猎取安可尔野牛更狡猾的，是吉尔伯特岛人猎捕大章鱼的方式。吉尔伯特岛是太平洋上的一个古岛。周围海域的章鱼之大，是足以令世人震惊的。它们的触角能轻而易举地弄翻一条载着人的小船。

猎捕大章鱼的吉尔伯特岛人，双双合作。一个充当"诱饵"，一个充当"杀手"。为了对"诱饵"表示应有的敬意，岛上的人们也称他们为"牺牲者"。

"牺牲者"先潜入水中，在有大章鱼出没的礁洞附近缓游，以引起潜伏的大章鱼的注意。然后突然转身，勇敢地直冲洞口，无畏地闯入大章鱼八条触角的打击范围。

充当"杀手"的人，埋伏在不远处，期待着进攻的机会。当他看到"诱饵"已被章鱼拖到洞口，大章鱼已用它那坚硬的角质喙贪婪地在"诱饵"的肉体上试探着，寻找一个最柔软的部位下口时，"杀手"迅速游过去，将伙伴和大章鱼一起拉离洞穴。大章鱼被激怒了，更凶狠地缠紧了"牺牲者"。而"牺牲者"也紧紧抱住大章鱼，防止它意识到危险抛弃自己溜掉。于是"杀手"飞快地擒住大章鱼的头，使劲儿把它向自己的脸扭过来,然后对准它的双眼之间——此处是章鱼的致命部位,套用一个武侠小说中常见的词可叫"死穴"——拼命啃咬起来。一口、两口、三口……不一会儿,张牙舞爪的大章鱼渐渐放松了吸盘,触角也像条条死蛇一样垂了下去,就这样一命呜呼了……

分析一下人类在猎捕和"谋杀"动物们时的狡猾,是颇有些意思的。首先我们可以得出结论,狡猾往往是弱类被生存环境逼迫生出来的心计。我们的祖先,没有利牙和锐爪,甚至连凭了自卫的角、蹄、较厚些的皮也没有,连逃命之时足够快的速度都没有。在亘古的纪元,人这种动物,无疑是地球上最弱的动物之一种。不群居简直就没有办法活下去。于是被生存的环境、生存的本能逼生出了狡猾。狡猾成了人对付动物的特殊能力。其次我们可以得出结论,人将狡猾的能力用以对付自己的同类,显然是在人比一切动物都强大了之后。当一切动物都不再可以严重地威胁人类生存的时候,一部分人类便直接构成了另一部分人类的敌人。主要矛盾缓解了,消弭了。次要矛盾上升了,转化了。比如分配的矛盾,占有的矛盾,划分势力范围的矛盾。因为人最了解人,所以人对付人比人对付动物有难度多了。尤其是在一部分人对付另一部分人,成千上万的人对付成千上万的人的情况下。于是人类的狡猾就更狡猾了,于是心计变成了诡计。"卧底者"、特务、间谍,其角色很像吉尔伯特岛人猎捕大章鱼时的"牺牲者"。"置之死地而后生"这一军事上的战术,正可以用古印度人猎蟒时的冒险来生动形象地加以解说。那么，军事上的佯败，也就好比非洲土人猎杀安可尔野牛时装死的方法了。

归根结底，我以为狡猾并非智慧，恰如调侃不等于幽默。狡猾往往是冒险，是通过冒险达到目的之心计。大的狡猾是大的冒险，小的狡猾是小的冒险。比如"二战"时期日军偷袭珍珠港的军事行径，所冒之险便是彻底激怒一个强敌，使这一个强敌坚定了必予报复的军事意志。而后来美国投在广岛和长崎的两颗原子弹，对日本军国主义来说，无异于是自己的狡猾的代价。德国法西斯在"二战"时对苏联不宣而战，也是一种军事上的狡猾。代价是使一个战胜过拿破仑所统帅的侵略大军的民族，同仇敌忾，与国共存亡。柏林的终于被攻陷，并且在几十年内一分为二，是德意志民族为希特勒这一个民族罪人付出的代价。

而智慧，乃是人类克服狡猾劣习的良方，是人类后天自我教育的成果。智慧是一种力求避免冒险的思想方法。它往往绕过狡猾的冒险的冲动，寻求更佳的达到目的之途径。狡猾的行径，最易激起人类之间的仇恨，因而是卑劣的行径。智慧则缓解、消弭和转化人类之间的矛盾与仇恨。也可以说，智慧是针对狡猾而言的。至于诸葛亮的"空城计"，尽管是冒险得不能再冒险的选择，但那几乎等于是唯一的选择，没有选择之情况下的选择。并且，目的在于防卫，不在于进攻，所以没有卑劣性，恰恰体现出了智慧的魅力。

狡猾是一种冒险

一个人过于狡猾，在人际关系中，同样是一种冒险。其代价是，倘被公认为一个狡猾的人了，那么也就等于被公认为是一个卑劣的人一样了。谁要是被公认为是一个卑劣的人了，几乎一辈子都难以扭转人们对他或她的普遍看法。而且，只怕是没谁再愿与之交往了。这对一个人来说，可是多么大的一种冒险，多么大的一种代价啊！

一个人过于狡猾，就怎么样也不能成为一个可爱可敬之人了。对于处在同一人文环境中的人，将注定了是危险的。对于有他或她存在的那一人文环境，将注定了是有害的。因为狡猾是一种无形的武器。因其无形，拥有这一武器的人，总是会为了达到这样或那样的目的，一而再，再而三地使用之，直到为自己的狡猾付出惨重的代价。但那时，他人，周边的人文环境，也就同样被伤害得很严重了。

一个人过于狡猾，无论他或她多么有学识，受过多么高的教育，身上总难免留有土著人的痕迹。也就是我们的祖先们未开化时的那些行为痕迹。现代人类即使对付动物们，也大抵不采取我们祖先们那种种又狡猾又冒险的古老方式方法。狡猾实在是人类性格的退化，使人类降低到仅仅比动物的智商高级一点点的阶段。比如吉尔伯特岛人用啃咬的方式猎杀章鱼，谁能说不狡猾得带有了动物性呢？

人啊，为了我们自己不承担狡猾的后果，不为过分的狡猾付出代价，还是不要冒狡猾这一种险吧。试着做一个不那么狡猾的人，也许会感到活得并不差劲儿。

当然，若能做一个智慧之人，常以智慧之人的眼光看待生活，看待他人，看待名利纷争，看待人际摩擦，则就更值得学习了。

感觉动物

如果我的记忆没错的话(我知道,它是一天比一天糟了),那么,这句话应该是契诃夫说的——一个正直的人,在狗的目光的注视下,内心往往会感到害羞的。原话差不多便是这样,但又的确非是原话,所以不敢用引号。但有两个词,却敢断言肯定是原话中的,那就是"正直"和"害羞"。

为什么契诃夫认为——一个正直的人在狗的目光的注视下内心往往会感到害羞呢?为什么不是"一个善良的人"或"一个忠诚的人"或"一个腼腆的人"呢?

十几年前,第一次从书中读到契诃夫关于狗的目光的话,百思不得其解。至今仍未想明白。狗性单纯于人性,因而狗的忠诚,是没有什么附加条件的,是人性许多情况下所不及的。故人类对狗的忠诚一向毁誉参半。如果说一个自诩对朋友忠诚的人，在狗的目光的注视下内心往往会感到害羞，意思不是更明了么？世界上对朋友像狗对主人那么忠诚的人即或有，也太少太少了。我就做不到。并且，也从来不认为将狗性中那一种忠诚引入交友之道是可取的。恰恰相反，我认为狗性中那一种接近本能的忠诚，一旦体现于人性，反而意味着是人性的扭曲，人性的病态。

某日早晨我散步，在公园里看见一只狗蹲踞林间小径旁，守着一个尼龙绳网兜。那是一只小矮脚狗，估计年龄在二三岁。网兜里也无非就是一棵白菜、一把芹菜、几条黄瓜而已。也许，它的主人在林中练气功，打太极拳；也许，在不远处的一片平地上跳舞……

忽然我想到契诃夫那句话，于是蹲在那小狗对面，探究地看它的眼。它也看我，贴地的尾巴梢摇了几摇，似乎表示对我友好。我以温柔的语调对它说了几句夸奖的话，就是某些大人夸小孩子那些半由衷半不由衷的话。我想，它的主人肯定就是经常以那么一种温柔的语调夸奖它的吧？它显然不是一只聪明到善于理解人话内容的小狗。但又显然对我那一种温柔的语调感到亲近。我抚摸它，它觉得舒服，显出很乖的样子，渐渐趴了下去。我存心试探它的忠诚，佯装要伸手抓取网兜。它立刻站了起来，颈毛乍耸，呜呜发声——分明地，我不放规矩点儿，它就会不客气，咬我没商量了。那一时刻，狗眼中充满了警告意味儿。我赶紧缩回手，它则又对我恢复了友好的样子。如此这般试探三次，它似乎明白了我在成心逗它，又似乎对人的狡猾仍怀有几分防范，于是干脆趴在网兜上。我又夸它，它又摇尾；我又抚摸它，它舔我手。倏忽间我从那小狗的眼中看出了这样的意思——人，请友好待我。难道我对你还不够友好么？只要你不想抢走我看守的东西，我决不咬你。网兜并不是你的，不是你的东西你怎么可以动念抢走呢？一个好人难道会有这种行为么？

真的，当时我觉得我从那小狗的狗眼中看出的意思，比我现在写下来的还要多。于是我对契诃夫关于狗眼的话有所领悟——在一切动物中，狗眼是最善于说话的。由于狗性的单纯，狗的目光也是最单纯的。文学作品中形容到人眼，每用"复杂的目光"一句。某些动物，尤其野生动物，面对人时，目光也会显得较为"复杂"。美国电影《与狼共舞》中有这样一个情节：人独自在山地夜宿，生起篝火，引来了一只狼。那是一只老而病的狼。它也寒冷，它企图趋火取暖。它已丧失了进攻的能力，甚至也丧失了自卫能力，故它畏人。人也怕它，因为它毕竟是一只狼。人并不打算伤害它。人也本能地提防被它所伤。于是人尝试对狼表示友好，表示和平共处的愿望。方式是割了一条兽肉抛给它。狼叼了即跑。跑远才吃。人为了试探它的狼性和自己的人性究竟能达到怎样程度的和睦，又割了一条肉。这一次不是抛过去，而是拎在手里。狼还饿，于是不得不更向人接近着——狼犹豫，徘徊；狼终于禁不住肉的诱惑，小心翼翼地向人走来；狼在距离人几步远处，趴了下去，眈眈地望着人；狼一点儿一点儿地向人匍匐，随时准备一跃而起，掉头便逃……

电影中是一只真的狼，而且不是动物园中的狼，是一只野生的狼。那一情节，又简直可以评价为人性与狼性沟通的实录片段。

那一时刻，那狼的目光就是极其"复杂"的——又警惕，又屈辱；几分显示自己无害的样子，几分卑微可怜的样子……

那一情节，是《与狼共舞》的经典情节，也堪称是电影史上表现人兽关系的经典情节。

那只狼，是"一位"出色的"演员"，本色"演员"。它将一只又老又病的狼在向人乞食时的"心理"，通过经典性的形体"表演"和"复杂"的目光，向观众传达得淋漓尽致。可惜世界上的任何电影奖都不曾专为兽"演员"设奖项。如果设了，那一只狼获奖是当之无愧的。

但狗眼中流露出的目光一般是不"复杂"的。小狗尤其这样。军犬和猎犬也不例外。无非军犬的目光中具有孤傲的成分，猎犬的目光中具有"我是猎犬我怕谁"似的无畏气概。狗性不仅单纯于人性，也单纯于野兽的兽性。在狗与人的关系中，有许多时候人的意思，需要狗去猜。这使狗善于对人察言观色。但狗尽管善于这样，却永远也不会因而变得狡猾。狗领悟了人的意思，狗眼中就会相应地流露出自己的意思。比如主人在忧伤，狗是能从主人脸上的表情看得出来的。于是狗每每会望着主人，用目光这么说："啊，我的主人，你为什么而忧伤呢？不会是由于我的过失吧？我怎样才能解除你的忧伤呢？请吩咐吧主人。"比如主人在愠着，狗也会从主人脸上的表情看得出来。这时狗每每会用目光对主人说："啊，我的主人，你的样子使我多么不安啊！需要我陪你去散步么？"凡家里养过狗的人都知道，夫妻经常吵架，也会使狗的性情受到不良影响。家长经常严厉地训斥孩子，甚至打骂孩子，日久天长，连他们的狗也会变得郁郁寡欢，甚至会变得智力低下，反应迟钝，对主人的意思懵懂不知所措。狗的目光是永远也不必主人猜测的。主人只要看他的狗一眼，心里就全明白了。狗眼永远只流露一种目光，永远流露得率真又单纯。古今中外，全人类没有一个人被自己的狗的目光所欺骗过。没有一个人犯过这样的错误——他认为他的狗会这样，而狗偏偏那样了。起码还没有过这种文字记载。狗脸与人脸大相径庭，但几乎所有的人都会觉得，狗脸上有与人脸极为相似的东西。那是什么呢？——是狗的眼睛。在一切野生的以及经人驯养过的动物中，除了猴子和猩猩而外，再就算狗的眼睛更像人的眼睛了。但狗的眼中那一种率直、坦白和单纯的目光，是成年的人类所不可能具有的。成年了的人类的眼中，几乎每一种目光都不再单纯。一个人对自己刚刚中了彩券大奖的朋友说："我真为你高兴死了！"——他的目光中却每有嫉妒的成分。热恋中的情人对情人说："我爱你海枯石烂不变心，没有你我就活不成。"——而我们都知道，一个果真死了，说"我就活不成"的，将不但继续活下去，还不久便会陷入另一场热恋。他或她还要如此解释——

因为对方太像自己热恋过的人了。你说容貌并不像,他可说他指的是气质像;你说其实气质也不像,她可说她指的是脾气秉性;你说连脾气秉性也不像,那人又会说指的是生活情趣……只有儿童的眼睛中还有率真、坦白和单纯。但是儿童一旦成长为少男和少女,他们和她们的目光便开始过早地变得复杂了。中国的少男和少女们尤其如此。我们的少男和少女成熟得太早了。中国人的目光也许是世界上最为捉摸不透的。中国人的心思往往太需要自己的同胞费心思去猜。

"他的眼睛告诉了我"或"她的眼睛在说"一类话,在人类大约是越来越靠不住了。复杂的靠不住的绝不可轻信的目光,像假冒伪劣产品一样多。人与人"目光的交流"简直成为一句荒唐可笑的话。几乎只有人与狗才可能进行值得信赖的"目光的交流"。我想,契诃夫在他所处的那一时代,以及所处的那一阶层,对此早有体会,所以才写出正直的人在狗面前都感到害羞的话吧?……

与狗的眼睛相比,猫的眼睛所能传达的"心思"实在是太少了。我们常能从狗的眼中,甚至常能从小狗的眼中所发现的那种忧郁的目光,从猫的眼中就几乎看不到。如果主人连续几天对自己养的狗态度粗暴,呵斥不断,那狗无论大小,目光就会变得失意和忧郁起来。的确,与猫相比,狗的"心思"未免太重。猫却似乎是少心无肠的。只要吃得饱,吃得好,猫不甚在乎主人对它的态度冷淡不冷淡。在这一点上,猫简直可以说是"宠辱不惊"。猫遭到主人的呵斥,当然也会识相地躲到一边儿去。但它不会因而在一边儿不安。如果一边儿正有着毛线团或球,如果它正有玩儿兴,定会照玩儿不误,并不管主人的心情怎样。倘我们承认狗的眼中能传达出多种类似人的目光,那么猫的眼中连一种近似人的目光都没有。当然也不是绝对的这样。比如陷于灾难之境的猫,眼中也会传达出求助的目光;重病不起的猫,眼中也会传达出乞怜的目光;垂死的猫,眼中也会传达出悲哀绝望的目光。但凡此种种,几乎任何动物都那样,实在更是生命通过眼睛反射出的意识本能。

然而并不能据此便说猫的眼睛大而无神。这么评论是欠公正的。事实上猫的眼睛大而有神。猫的眼睛在猫的脸上呈现着一种近乎完美的组合。猫脸如满月。在这么圆的一张脸上,再生出什么样的一双眼睛才好看呢?换一种说法,倘给我们一个圆,以我们人的美学经验,画上一双什么样的眼睛才觉得好呢?可能我们无论画出多少种眼睛都会觉得不满意。最终我们画出的将必是一双圆圆的眼睛。而那正是猫的眼睛。而只有这时,我们才会觉得好看。的确,在一个大圆的上半部,左右对称地搭配两个小圆,是最符合美学原理的。按照古希腊人的美学思想,圆是无可挑剔的完美的图形。正方形给人的印象太"愣";长方形给人的印象太"板";三角形给人的印象是缺损的;菱形给人的印象不稳定;而梯形给人的印象根本是蠢的。圆中有圆,乃美中含美,是美的同类项合并。猫脸生长猫眼,符合的正是这一种美学原理。

人越是细看一只猫，就越是会承认猫脸在一切动物的脸中，几乎是最漂亮的。而同时也会承认，在猫的脸上，猫那一双独特的眼睛是最漂亮的。当猫的眼仁变得窄长，竖了起来，它的眼睛就显得更加漂亮了。故宝石中名贵的一品叫"猫眼"。早年男孩子们弹的玻璃球中的一种，也叫"猫眼"。是较其他玻璃球倍受喜爱的一种，一个可换别种的几个。

狗的忠乃至愚忠以及狗的种种责任感，种种做狗的原则，决定了狗是"入世"太深的动物。狗活得较累，实在是被人的"入世"连累了。相对于狗，猫是极"出世"的动物。猫几乎没有任何责任感。连猫捉老鼠也并非出于什么责任，而是自己生性喜欢那样。猫也几乎没有任何原则。如果主人家的猫食粗劣，而邻家常以鲜鱼精肉喂它，它是会没商量地背叛主人而做别家宠物的。至于主人从前对它有怎样的豢养之恩，它是不管不顾的。倘主人对猫不好，猫离家出走也是常事。即使主人对它很好，它对主人的家厌倦了，也走。猫为"爱"而私奔更是常事。有的浪漫了一阵子或怀了孕，仍会回到主人家。有的则一去不返，伴"爱人"做逍遥的野猫去了。城市中的野猫，"出身"皆是离家出走的猫。

猫脸上其实断无狡猾之相。人怎么看一只猫的脸，都是看不出狡猾来的。猫脸上很少有"表情"，但这一点并不足以使猫的脸显得多么冷漠。事实上猫的脸大多数情况之下是安逸祥和的。任何一只常态下的猫的脸，都给人以温良谦恭的印象。猫天生是那种不动声色的宠物。它的"宠辱不惊"，也许正是由于它脸上那种天生的不动声色的神态。猫的大眼睛中，又天生有一种"看破红尘"似的意味儿。一种超然度外，闲望人间，见怪不怪的意味。但这绝不证明猫城府太深。事实上猫是意识简单的动物。

猫不是好斗的动物。受到同类或异类的威胁，猫便缩颈，拱腰。而这是一种最典型的自卫的姿态。这时猫伸出一只前爪抵挡进攻，并且随时准备向后一纵，主动结束"战斗"。猫不是那种招惹不起的家伙，更不是那种不分胜负誓不罢休的家伙。猫不会为了胜负的面子问题而玩儿命。

模特们表演时的步态叫"猫步"。据我看来，她们脸上的表情，也很像猫脸所常常呈现的"表情"。这么说绝不包含有一丝一毫的贬义和讽刺。只不过认为，无表情的表情，更容易给人静态美的印象。于猫的脸，天生那样。于人的脸，尤其于表情原本比男人丰富的女人的脸，是后天训练有素的结果。那样的女人的脸，叫"冷艳"。"冷艳"之美，别有魅力，也可以称为工艺型的美。猫脸便具有工艺型的美点，但猫脸却是不冷的。通常情况下，猫脸充满温和。通常情况下，猫的眼中总是流露出知足感。

美国有一部儿童电视剧。是由一只猫和一只狗"主演"的。剧中，狗总是那么忧心忡忡，不知究竟该如何表现，才能被公认是一条好狗。而那只猫就总是善意地劝它想开点儿，不必太杞人忧天，不必太自寻烦恼。

狗说："主人因为丢了一条鱼而又责骂了我一顿！"

猫说:"你所以就不快活,真蠢!要知道你没到这一人家之前,他们也经常丢鱼的呀!"

狗说:"你怎么知道呢?"

猫说:"因为每一次都是我偷的。"

"可既然我们是朋友了,你怎么还继续偷我主人家的鱼呢?"

"可难道因为我们是朋友了,我就非得变成一只不喜欢吃鱼的猫了么?"

"可你偷鱼,连累的是我,你的朋友啊!"

"可我不偷鱼,营养不良的是我,你的朋友啊!"

"难道,你为了我们的友谊的巩固性,就不能别再偷鱼了么?"

"难道,你为了我们的友谊的巩固性,就不能对主人的责骂毫不在乎么?"

剧中猫和狗的对话,听来非常有意思,令人忍俊不禁。

狗有狗的理,猫有猫的理——狗的责任感对立于猫的"自我"意识,狗是有理也说不清了。的确,猫是多么"自我"哦!难道不是已经"自我"得太自私了么?一切野生的动物都是"自我"的,都是自私的。野狗亦如此。狗性中的责任感,是人性强加的结果。于人这方面,肯定为一种狗性的进步;于野狗们那方面,必视为自己同类们狗性的扭曲吧?但猫与人亲近的历史,和狗与人亲近的历史一样悠久漫长。为什么猫就能始终那么"自我"呢?

站在动物的立场而不是站在人的立场一想，猫的"自我"意识的不变，不是倒也难能可贵么？人已经将多少动物驯化了呀！狮、虎、豹、熊、猴、羊、狗、马、象、鲸、海狮、海豹、海豚、鹰，甚至鹦鹉、鸽子、小鸟儿……不是都曾被人驯化到善于为人表演的地步么？

但是唯独猫很少在马戏场上为人表演节目。

据说许多世界著名的驯兽大师曾尝试过对猫进行表演训练，都以失望告终。是因为猫太笨？难道猫是笨的动物？！结论只能是这样的——猫性中有拒绝人的意识强加于己的天性。人稍一强加，它就叛人而去。人若以为加大驯化力度必可达到目的，猫就死给人看。猫的生命，不能承受被驯化之重。

猫的这一种天性，是受我尊敬的。众所周知，鲁迅是特别不喜欢猫的。他指猫而骂过一些他特别不喜欢的人。一个人如果比猫还"自我"，我也不喜欢。但就猫论猫，我认为，猫性中其实有诸条人应该学习的优点。端详猫脸，人定会从猫的眼中，看出一种仿佛散漫澹淡，自甘闲适无为的意味儿。永远没什么"心思"的猫眼中，似乎永远流露着知足的、心旷神怡的达观。猫有隐士气质。都市里的猫，统有第一流隐士的气质。不是说"大隐隐于市"么？

无人不讨厌老鼠。我也讨厌。故我们对某些自己讨厌的人，形容为"獐头鼠目""贼眉鼠眼"。其实，单就老鼠的眼睛而论，挺好看的。推论开去，几乎一切的鼠类，皆生有一双挺好看的眼睛。比如小花鼠的眼睛，尤其松鼠的眼睛，就很俏。

老鼠的讨厌，并非由于它们的眼睛。首先是由于它们的毛色。老鼠即使较肥，其皮毛也无光泽可言。这一点是很奇怪的，不知动物学家们有什么道理可讲。没有光泽的，肮脏棉片似的那一种土灰色——老鼠的毛色，是人眼最讨厌见到的颜色。那颜色作用于人眼，条件反射直达我们脑中最敏感的情绪神经区域，使我们心中顿时产生强烈的厌恶。人眼可以接受黑色，但是对土灰色具有一种视觉的本能排斥。所以人不能忍受土灰色的任何东西出现在自己的视线内。外国科学家半个世纪前曾做过一次调查，结果证明五年以上的大工厂的锅炉工人，脾气比同样工龄的矿工要坏得多。因为矿工在井上井下时时面对的毕竟是闪闪发光的煤，而锅炉工时时面对的是煤渣。如果他终日陷入的是由煤渣在四周形成的"山丘"，他的心情和脾气根本没法儿好。而煤渣的苍灰色与鼠毛的土灰色，是同一类讨厌的颜色。试想，如果鼠不是土灰色，而是漆黑色的，并且，亮油油的有光泽，老鼠给我们人的印象恐怕是会多少好一点儿的吧？

我们对老鼠的讨厌，其实还由于它的尾。毛茸茸的尾巴毕竟比光溜溜的尾巴看着舒服些。干脆光溜溜的一毛不生的尾巴也还则罢了，偏偏鼠尾两种都不是。老鼠的尾巴长着非常稀疏的毛，尾上的毛同样是土灰色的，通常比体毛的土灰色浅，稀疏得有谁如果想数数，逮住了一只老鼠是一会儿就数得清的，比一条毛虫身上的毛要少得多。而尾的本色，与干尸一色。

那样的毛色，加上那样的尾，猝然从我们眼前蹿过，使人由厌恶而惊恐就丝毫也不奇怪了。女人在这种情况下不但会被吓得失声尖叫，出一身冷汗，有时甚至会被吓昏过去……

何况老鼠经常出没于最肮脏的地方……

何况老鼠啃东西，破坏我们的居家生活……

但，无论老鼠多么令人讨厌，我仍想说，其实老鼠的那一双小眼睛确实是挺好看的。鼠眼如豆，圆圆的、黑黑的、亮晶晶的。眼神儿怯怯的，似乎还闪烁着聪明。老鼠的视力也绝不像人们说的那么差。"鼠目寸光"是以讹传讹。事实上老鼠避开危险的迅速反应，不但靠敏感的听觉，也靠时刻东张西望的视觉。

有些动物通体是美的。比如虎和豹——从头到尾，从毛色到斑纹，完美得无可挑剔。还比如仙鹤、天鹅、蜂鸟等。有些动物通体是丑的，比如鳄、蜥蜴、蛇……而有些动物只有一点不美，有些动物又只有一点不丑……

丑陋的令人厌恶的老鼠，只有那双小眼睛其实并不丑。

我之所以要煞费苦心地指出鼠目的不丑，基于这样一种思想——对于人类，有许多时候要承认某一事实那是非常不情愿的。倘某一事实引起我们强烈的反感，我们就以百倍的轻蔑对待它。倘我们觉得仅仅这样还不够，我们就会调遣所谓"文化"的势力为我们助威。

故我认为，人类的"文化"发展至今，既功不可没地推动了社会的进步，也掩盖了许多事实的真相。就如老鼠难看的毛色和它丑陋的尾巴影响了我们对老鼠眼睛的看法的客观性一样。我们仅仅对老鼠这样其实也大可不必有什么不安——但我们往往对人和对人间的某些事件也持相同的态度。

故前人留给我们的历史，以及我们将留给后人的历史，包藏着种种的暧昧不明和种种的主观误区。

所以在今天，人的思想的独立性，应该格外地受到鼓励、提倡、支持和爱护……

牛大体上可分为三类吧？——野牛和畜牛；畜牛又可分为奶牛和使役牛；还有那种在斗牛场上与斗牛士们一决胜负的雄牛。

总体而言，牛的"出身"虽颇为不同，但命运都是类似的。尤其"出身"一样的牛，彼此间的命运，绝无高低贵贱之分。不像狗和猫，有的过着比人的生活水平还要高许多的贵族狗和贵族猫的生活，有的饥一顿饱一顿，生存完全没有保障。

野牛以"籍贯"非洲的最为强壮凶猛。它们中顶大的，体重达一吨半。猎豹是不敢惹它们的了。单独的一头狮子，也是不敢挑衅于它们的。狮子扑食单独的野公牛，必须发动一场集体围攻的"战役"，否则就休想吃到一口野牛肉。因为单独的野牛，性情暴烈，面对任何强敌，都有种"拼命三郎"的劲头儿。

在一切动物中，只有三种急了就红眼的，那就是牛、狮子、野狗。虎、豹、狼虽然也凶猛,但是急了并不红眼,只不过更加张牙舞爪罢了。非洲草原上的野狗,急了也是并不红眼的。倒是家犬一旦沦为野狗,而且,一旦吃过人尸,就变成红眼的野狗了。那时它们就接近着是疯狗了。

成群的野牛,眼中都有一种散漫的,得过且过的,"事不关己,高高挂起"似的目光。人类中也常有这样一些个家伙,哪怕面前有别人正于血泊中呻吟求救,他们照样悠闲地嗑着瓜子,嚼着口香糖,或吸着烟,神情麻木地瞧着。那是除了象以外一切集群游走的食草类动物惯常的目光。个体明明具有的防卫能力,彻底被集体的相互依赖所抵消了。狮子袭来,野牛群一阵奔逃。只要狮子扑倒了同类中的一头,集体的奔逃就停止了。于是,似乎都松了一口气。望着同类被活活分尸,似乎都在这么想:感激上帝,现在危险终于过去了。我是多么幸运啊,它不幸与我何干!

民族意识涣散的某一部分人类,之所以受外敌的欺辱,也是由于这一点。

试想,野牛并非弱小的动物啊!几十头甚至几百头野牛低下它们的头,皆挺着它们长矛似的双角冲踏过去,几只狮子算什么啊?

野牛由于集群而首先从心理上发生相互间的不良影响,忘记了自己非同小可的强大。

单独的野牛就不一样了。

单独的野牛眼中有一种凛然。它们在草原上高傲地走着,不时举目四眺。那眼神儿中有种意思似乎是——"阳光之下每一种动物都是平等的，勿犯我！"

还有另一种意思似乎是——"人不犯我，我不犯人；人若犯我，我必犯人！"

但是，它虽然强壮凶猛，虽然颇有天不怕地不怕的孤胆英雄的气概，最终往往还是会成为狮子的口粮。因为狮子在对付它时是全家族总动员，张牙舞爪一齐上。它却没有家族后盾，也没有什么朋友"路见不平一声吼"，赶来相援。狮子的进攻又是有战术、讲策略的，而它的自卫却仅凭红了眼睛拼命，所谓"匹夫之勇"。拼乏了，也就只有停止自卫，气喘吁吁地但求速死了……

奶牛的目光与单独的野牛截然相反。它们的目光总是流露着母性的温柔。仿佛在自己个儿默默地寻思——我的乳汁多充足啊，可我的孩子们都在哪儿呢？怎么都不来吮我的奶呢？

那些无怨无悔的，甘做贤妻良母的女性的眼中，就常流露着奶牛眼中那一种温柔的目光。

现如今的中国男人，不是都互相起劲儿地批评甚至攻击"浮躁"么？"浮躁"的确是一个不争的事实。我也每每有点儿。"浮躁"起来了怎么办呢？喝个一醉方休？郊游？钓鱼？……我承认都是抑制"浮躁"的方式。但之后呢？"浮躁"是灵魂的"皮肤病"，常犯的呀！

我自己克服轻微"浮躁"的方式是闭门谢客，关了电话，静静地在家里看书。而且，当然要躺着看。

如果我觉得自己染上了重症"浮躁"，那就去逛动物园。不隐瞒，我是个常逛动物园的男人，是北京动物园的常客。水族馆离我家太远，否则我也会喜欢去。

我常想——动物园里为什么没有奶牛呢？

如果动物园里也有奶牛，我在这里不揣冒昧，建议染上了重症"浮躁"的男人到动物园里去看奶牛。

我确信奶牛的目光是完全可以医好"浮躁"症的。起码可以医好一阵子。一定比喝醉酒、服镇定药和堕落的效果强。

我确信奶牛具有这样一种"特异功能"。

因为，当年我是知青时，从生活中总结出了这样一条真理——奶牛是最不"浮躁"的畜类。你想方设法使它们"浮躁"都不容易。当年我们连分出二十几名知青调往奶牛场，多是被连领导认为不太服从管理的男知青。于是奇迹发生了，那些事实上也属于性情"浮躁"型的男知青，由被管理者而成为奶牛们的管理者以后，一个个都发生了明显的变化，都似乎被奶牛的性情同化了。

自然，奶牛因为是奶牛，性情就有些像羊。但羊虽本分，眼神里更多的却是怯意。是承认自己是羊的那一种乖乖的，一点儿也不敢冒犯谁的驯服。

奶牛的目光里可没有什么怯意。

奶牛的目光不但流露温柔，而且流露平和，流露彬彬有礼的宽宏大度。

有次我到奶牛场去看望从我们连调去的知青朋友，问他性情怎么变好了。

他说："我现在交了许多好性情的朋友啊！"

我问他那些朋友都是谁。

他就带我去到牛棚里，指着奶牛们说："就是它们啊！"又说："你看它们的眼睛！它们眼里有种好女人的目光不是么？它们仿佛总用目光教诲我——改改性情吧，脾气那么糟像什么样子呢！"

我久久地注视着奶牛们的眼睛，倏忽间，内心竟如我的知青朋友一样涌起一片感动。

奶牛的温柔，奶牛眼中那一种平和那一种宽宏大度，据我看来，显示着一种涵养很高的内心定力似的。

奶牛看人时的目光中，似乎有这么一种意味儿——你们的孩子和你们自己，大抵都是喝我的奶长大的。你们对你们的父母你们的祖父母外祖父母的健康表示关心，也总是要为他们订份儿牛奶。我并不希图你们的报答，只要你们过得比我好，只要你们过得比我好……

从前，养奶牛的中国人家，当奶牛岁数大了，产奶越来越少了，就把它们杀了，卖它们的肉，还卖它们的皮……为什么非说是"中国人家"才这样呢？因为的确，欧洲人，哪怕很穷很穷的人，一般也是不宰杀自己家养了多年的奶牛的。欧洲的农民，传统心理上是很感激奶牛的。他们的宗教情感，在这一点上体现得较虔诚。相比而言，中国人宰杀奶牛耕牛，那是很忍心，很下得去屠刀的，也很心安理得。这么想——反正在这头牛身上，我能多赚多少，就应该多赚多少！不赚白不赚，对头牛讲什么仁慈呀！

不知现如今奶牛场的奶牛老了都怎么处置？

而我总觉得，对奶牛和使役牛，以及一切使役牲畜，比如马、骡、驴，其实都应该落实人道政策，实行"退休制"。试想，一头奶牛为人天天产奶，直至老了，产不出奶了；一头使役牲畜为人天天干活，直至老了，再也干不动了，也可谓"无私奉献"一生了吧？也可谓"鞠躬尽瘁"了吧？人怎么可以在这种情况之下还要把它们宰杀了，吃它们的肉，熬它们的骨，剥它们的皮呢？——人这么做，是不是太唯利是图了呢？

依我想，人将来应该开辟几处"福利草场"专供"退休"后的老奶牛和其他一切老使役牲畜们"安度晚年"，自然而终才对。否则，大讲人道主义的人类，真是愧对奶牛，愧对一切被人类使役尽了最后力气的牲畜啊！

说到使役牛，无论南方的水牛，还是北方的黄牛、花牛，在劳动态度方面，在干起活儿来不偷懒、不耍滑、不怕苦、不怕累方面，真真是人的榜样呢！人是承认这一点的，表现了人的难能可贵。

要不怎么会有"老黄牛精神"的说法呢？

我们感到一个人很傲，就说他"牛劲儿的"或"牛气什么呀"！

牛身上的确有股子傲，有时甚至显得目中无人，但牛的傲不是由于它明白它具有什么强大的进攻性，而是由于它自信于它的劳动能力。所以中国话中，又有"使出了牛劲儿"的说法。役马干活儿有时犯懒，驴子干活儿有时耍奸，而骡子如果一股劲儿不能将车拉上坡，主人再怎么挥鞭子抽它往往也无济于事了。那时骡子首先放弃了自信。而牛不像它们那样。牛拉不动时，比主人还急，还躁，那时它就会跟陡坡较上了劲儿。它低下头，瞪起一双牛眼，仿佛在说："今天我拉不上去，我就不是一头牛！"牛往往拉断了套绳。爱自己牛的主人，其实此际是绝不鞭牛的，怕牛硬拼牛劲儿累伤了。他也许反而会拍拍牛脑门、牛脖子，使他的牛平息平息牛脾气。牛如果"罢工"了，那么无非是由于两种原因，或者是劳动强度确实超过了牛的最大体能极限，或者是人使役得不得法，牛犯脾气了。

牛脾气是倔脾气，倔起来，往往使人无可奈何。我见过那样的情形——人暴跳如雷地挥鞭抽牛，而牛就是岿然不动，四蹄仿佛生根了。鞭子落在身上，眼睛都不眨一下，好像鞭子没抽在它身上，抽在一头石牛身上似的……

牛一旦被惹急眼了，那可不得了，会发生惊心动魄的事。

我也亲眼见过这样的情形——一个人不知怎么把一头牛惹急眼了，或者，是那头牛看着那人别扭，不顺眼，于是竟拉着一车草向那人冲去。那人逃向草甸子，牛拉着一车草追往草甸子。草甸子里有一片塔头。人跑过塔头地带站住了，转身望牛,那意思是——不信你还会拉着一车草追过塔头来!牛偏追了过去。草捆子掉了一路,车轮也被塔头颠脱轴了,最后,连那辆车也快被牛拖散了……

还有一件事,发生在与我们连一河之隔的另一个连——一头发情期的高大种牛,恋上了一头年轻的小花牛,而人却偏要逼使它去配另一头母牛。这下它急眼了,追着去顶那人。那人一时急迫,侧身藏入了两幢砖房之间的缝隙,牛就坦克似的,一头头朝那缝隙冲撞,直撞得断了角,血染牛头。最终,那头牛自己把自己撞死了。而那人,也被吓得大病了一场。以后就别人谈牛他变色,畏牛如畏虎了……

那么,该说到斗牛场上的雄牛了——在古西班牙的斗牛场上,雄牛注定是要死的。而且,在身上被"助理"斗牛士们的矛刺得血流如注之后,才由主斗牛士一剑结果性命。倘竟不能一剑致死,那就算是斗牛士的无能,看台上的老爷、夫人和少爷小姐们,必大喝倒彩。

斗牛场上的雄牛,被斗到终了之前,眼中皆喷"士可杀不可辱"的怒火。所以它明知牺牲的时刻是到了,还是要勇猛地向前做最后的一冲。牛皮是多么厚?再锋利的剑,再威武的斗牛士,也不见得耍着花架子一下能将剑刺入牛的体内直抵剑柄。在我看来,那似乎更是牛的自杀。好比对方仗剑向己,自己已然失去了继续决斗的力量,与其等待对方的伤害,莫如自己索性扑向剑端。正是借着雄牛那一股巨大的冲力,斗牛士才达到了目的。斗牛士在喝彩声欢呼声中向看台上抛送飞吻时，牛不屈的两条前腿跪下了。而此前，任何威胁，任何利诱，任何鞭打和沉重的劳役，都是不能使牛跪下的。牛一生只跪两次，是小牛吮母奶时和死前。牛死前的跪，似乎更是一种诀别的仪式，向世界诀别的仪式……

人性中冷酷残忍的一面，其实是比任何猛兽有过之而无不及的。动物并不将异类间的弱肉强食当成种热闹观看。它们虽也麻木地目睹，但也仅仅是麻木罢了，绝不至于看得激动，看得兴奋，看得喝彩欢呼。而且，几乎任何动物，倘让它们隔着铁笼看人带有表演性地杀它们的同类，它们都会产生恐惧，连狮虎豹这等猛兽也不例外。

而人不但惯于将人杀动物当成种刺激的热闹看，有时更甚至将人杀人当成种热闹看，并且往往以此自夸或互夸胆量。

我常想，倘我是一头牛，又不幸被选为斗牛，那么我一定要寻找一个机会冲到看台上去，在自己死之前，先用利角豁死七八个丑陋的人再说……

我常想，那前腿跪倒在斗牛场地上的牛，如果也能人一样地喊，那么它一定会喊："人。我憎恨你！"并接着用一百种毒咒来诅咒人类吧？

我常想，假如我是上帝，我不让人类的胆量如此之大，而要人的胆量小些，再小些。人类既希望要和平，要太平盛世，那么，还要很大的胆量干什么呢？更准确地说，我的意思是——除了表现在探险和营救以及自卫战争方面，人的胆量再表现于其他任何方面，几乎都谈不上是什么勇敢。有时则只表现为残忍。

我常想，人作为人，最好是别被逼到如同斗牛场上的牛那一种境况。真到了那一种地步，我们人对人的仇恨，定会比牛对人的仇恨还强烈十倍！

我常想，人作为人，也千万别像斗牛士将牛逼到绝境一样，以将自己的同胞逼上绝境为能事为快事。死于牛蹄之下牛角之下的斗牛士也是不少的。人应引以为戒。人应有这种起码的明智……

而遗憾的是，恰恰是在人和人之间，一部分人类和另一部分人类之间，一方将另一方逼上绝境之事比人对待动物，比动物对待动物的同类现象多得多。古今中外，不胜枚举。而且阴谋种种，险恶种种，歹毒种种，幸灾乐祸旁观取娱的丑陋种种……

故人类将永远需要一种自我教育，那就是人性的世世代代的自我教育……

羊的眼睛里，有一种迷惘而又惴惴不安的目光。这种目光使羊的眼睛显得有几分发呆。羊的眼睛是不怎么好看的。它们的眼里太缺少动物眼里几乎皆有的灵性和机警，这大概是被人类代代牧养的结果。

羊羔的眼睛也是很好看的，像未满周岁的小孩子的眼睛，对什么都反应惊奇。羊一长大，那一种迷惘而又惴惴不安的目光，就开始一天比一天更加显现在它们眼里了。

这乃因为，只要是一只羊，它从小长到大的过程中，总是会多次见到自己的同类如何被人宰杀的情形。

人杀羊,像杀鸡和杀鸭一样,并不避着它们的同类。人一般是不在猪圈旁杀猪的,怕惊吓了其他的猪。猪其实并不像人以为的那么蠢,猪也是相当敏感的。人杀猪的血腥情形如果被猪看到了,猪也许会接连几天反常,懒得吃,懒得喝,睡得也不酣了。人一接近圈,它就躲在圈角,用它那双小眼睛恐惧地瞪着人。考虑周到的人,也不当着牛群宰牛。那么一来,牛群往往会围着屠宰场地举头长哞。它们用蹄刨地,用角掘地,皆欲狂躁起来。那时它们眼中便会流露出对人的敌意和愤怒……

故有经验的人宰牛,总是佯装若无其事地将一头牛牵走,牵到避开牛群的地方去下手。如果那地方离牛群并不太远,又是阴天,牛血的腥气受低气压的笼罩,不能迅速消散,牛群闻到了,也还是会寻着腥气纷纷围向宰牛的现场。

但人往往在羊群前杀羊。往往是,人想杀羊了,就走到羊群那儿,放眼挑选一只够肥的,于是将其拖出羊群,扯腿放翻,一刀就杀了。接着,又往往就在原地剥皮,开膛,剔肉剁骨……

羊是比鸡鸭高等的畜。羊见人杀羊的次数多了,对人要杀羊前的表情、举动,就有经验了。所以,要杀羊的人一走近羊群,它们就不由自主地往一起挤,都企图躲在别的羊的后面……

羊渐渐地就有了心事。它的心事是——哪一天会轮到杀我呢？

而几乎每一天，都可能是某一头羊被杀的日子。羊怀着一种惶恐度日，对自己的命运时常处在一种惴惴不安的预感中，故羊的目光便不会是别种样的了。

将要被杀的羊几乎不反抗，它只不过是不情愿被杀，只不过蹬住四腿，不情愿被拖走。但那又只不过是对死的象征性的表态，在几秒钟最长也不过一分钟的不情愿之后，它也就索性任由人摆布了……

杀羊一般是不必捆绑的。羊没见别的羊被杀时反抗过，它自己也就不会反抗，何况，它没有尖牙利爪，反抗也无济于事。羊在被杀时都省了人的事。那时羊眼中就有一种极其认命的目光，仿佛是在默默地对自己说——既然上帝安排我是这种命运，那么我又有什么办法呢？这时羊的眼中仿佛有一种宗教意味儿……如果人有四条不同的命，那么，我愿第二条命选择是马；第三条命选择是牛；第四条命么，是狗也行。但须是军犬、猎犬、雪橇犬或牧羊犬。但决不做宠犬。如果上天非决定了我是，我宁可干脆放弃一条命。当然，也是不做羊的。非决定了我是，也放弃不悔……

在象那巨大的头上，它的眼睛小得不成比例。

这是一种相当有趣的普遍性——所有陆地和海洋中的动物，身躯庞大的，眼睛反而显得越小。除了象，比如骆驼、犀牛、河马、鳄、鲨、鲸，都同样是小眼睛的家伙。

为什么？说明了什么进化规则？至今还没有一位动物学

家向我们解释过。但事实的确是——某些小小的动物,鸟儿、鱼儿,却生有美丽的大大的眼睛。象在陆地动物的王国里是所向无敌的。但人却将"兽中之王"的桂冠戴在狮和虎的头上。人为什么不说象是"兽中之王"呢?分明地,由于象虽然是陆地上最大的动物,但却非是最凶猛的动物。通常情况下,象是温和的,具有老绅士风度的。象从不攻击其他动物,仿佛动物界的可敬长者。

狮和虎,在象的眼里又算得上什么"王"呢?如果它们不自量力,惹恼了象,象是可以用鼻子将它们卷起,抛出去摔死的,也可以用脚将它们踏死。一头象或一群象来了,狮虎往往识趣地退避三舍。

故我们发现了我们人类自己的意识特点,那就是,人是特别习惯于将威猛作为"王"的资格。

凡人惧怕的,人便慑服之,视为"王"。

"王"这个字,与"领袖""首脑"是有区别的。"领袖"和"首脑",是因号召力和业绩而获拥戴的。但"王"非是这样,"王"的地位是征服的结果。凡为"王"者,必先称霸一方。故从前的中国,也将啸聚山林的强盗头子称为"山大王"。

帝王们或曰君王们,倘非世袭的,而是"打"来的江山,无一不是先为王,其后才是"帝"是"君"的。

象既不屑于称霸为王,象身上也就毫无霸气。

大草原遇到了干旱之年,仅剩下了一片水洼,是动物维持生命的水源。

瞧，狮子来了。其他动物一发现狮子，都迅速逃开了。狮子来得大摇大摆，仿佛它或它们是在回家，那水洼一向是它或它们的神圣领地。如果干旱的时日很久，狮群就往往会将水洼霸占了，昼夜凶踞周围，不许别的动物靠近。

倘象或象群接着来了，狮子的"王"者模样就不自然了。它也想发出慑吼，但又明白自己的吼声对象不起什么作用，也就没吼。它实在不情愿因象的到来而离开，大概觉得那是很失"王"者风度的。但它内心里又很怕象，没勇气继续凶踞在那儿。几经犹豫，最终还是讪不搭地起身，装出一副从容不迫的样子离开了……

象来了，其他的动物纷纷又回来了。它们知道象不是霸气的动物，没有霸占欲，不会伤害它们。

在动物的王国里，如果说其他动物对狮虎是惧怕的，那么对象的态度则体现着一种尊的意味。它们也会躲开象群，但那可以认为是"礼让"。与躲开狮群不一样，后种情况，显然意味着怯避。

当然，象也有大失风度的时候。比如它饮足了水之后，往往还会踏入水洼，轰咚一躺，打几个滚儿，搅得水洼成了泥浆一片，别的动物想饮也没法儿饮了……

而更多的情况是，象群总是比其他动物走出得更远，不辞疲劳地去寻找新的水源。它们仿佛明白，一小片水洼，对于解决一群象的热渴问题是不够的。与其影响了别的动物的利益，莫如自己辛苦点儿，另去发现更充分的水源。所以某些食草类动物的群体，往往也尾随在象群的后面。它们信任象，明白象能将它们引领到水源更充足的地方……

在当前的中国，讲原则的人是越来越少了。或者进一步这么说，人类所剩的原则似乎已经越来越少了。人类关系中，似乎已经只剩下一种原则了，那就是，交易的原则。我给予了你一件你急需的皮袄，但我需要从你那里获得价值比皮袄更多的东西……

象却是原则性极强的动物。在象群中，这种原则性体现得特别突出。一旦预感到什么威胁，强壮的雄象自动在前，排成阵势；小象和病象老象居中；母象卫后……

一头象落入了陷阱，其他象会不遗余力地进行搭救。有的象为了搭救同类，往往抻裂了自己的鼻子。搭救不成，它们又往往会四处卷回许多食物，送入陷阱。集体扬鼻悲鸣，而后恋恋不舍地离去……

一头幼象受到狮子的攻击，公象或母象发现了，定会冲过去加以保护。不管幼象是不是自己的孩子，都那样。它们这样做不是为了被感激，而是遵循一种群体的原则。数千年来，这原则几乎不曾变过。数千年来，人类在人性的原则方面究竟有多大可引以为荣的进步呢？在中国人中越来越被讥为"傻帽"的人性原则，在象群中却得到着永远的继承……

在人类中，有不少人的本性似动物。比如我们可以说"猪一样懒的人""狐一样狡猾的人""兔一样胆小的人""巴儿狗一样善于作媚的人""猫一样自我中心的人""蛇蟒一样贪婪的人"，等等。

可什么样的人似象呢？

象那么强大，可做"王中王"，可征服、可雄霸一方，可统治、可藐视一切其他动物，最有资格自尊自大。但象从来也不那样。真的，在人类中，哪种人具有如象一样的原则呢？我越想，越是说不出来……

狮的霸气是动物中最突出的。狮一脸的傲慢，满目凶残。狮虽为"兽中之王"，但据我看来，实在没有什么"王"者气质。

狮像动物王国中的黑社会头子。

与狮相比，虎倒是颇有"王"者威仪的。细看虎脸，除了威仪之外，你肯定还会觉得，虎有一种特殊的"文化"气质。在山林中深居简出，昼伏夜出的生活规律，使虎成为甘于孤独甘于寂寞的动物。虎从来也不愿在其他动物群前大模大样地招摇过市。而狮动辄如此。山林似乎是一种有玄机深蕴其中的自然环境。故无论人还是动物，在山林中居久了，就受此环境的影响，性情中显示出一种出世般的沉稳。山林中的老人，脸上几乎都有此气质。这气质使没有文化的人脸上也同时没有被文化负面作用污染的迹象，一脸澄净，那是一种人性趋于自然的澄净。

山林仿佛是有"幕"的。虎是"幕"后的动物，它自己宁愿那样。它"亮相"于"幕"前往往是被迫的。虎脸上也有一种沉稳。而草原是开放的"舞台"。动物很多的草原是热闹的，草原上的弱肉强食是公开化的，草原上的生存竞争也是公开化的。

在这样的环境中，狮性很难沉稳。公开化的弱肉强食对狮的诱惑太大。所以狮往往刚吃完上顿，立刻就眼盯在别的动物身上，想象着下一顿该换换胃口了……

而虎，据我所知，一个月内才捕食二三次。虎的捕食，以维持生存为原则。虎吃饱了就隐蔽起来。虎的深居简出是为了降低消耗。狮总在捕食，故总在消耗，似乎总处于饥饿状态。狮简直可以说只不过是一台食肉"机器"。故狮满脸留下俗气的躁戾的痕迹。如果说虎脸上有山林的"文化"气质，那么，也可以说，狮脸上有历史——草原上弱肉强食，王者通吃的血腥史。

豹——"夺命杀手"！在与家眷相处时，这个"杀手"并不冷。作为动物界的"杀手"，豹是最"专业"的。从山林到草原，无在其上者。谁若不幸沦为比它弱小的动物，那么就祈祷自己千万别被豹盯住吧！但我并不格外欣赏豹作为"杀手"的出色。我敬它对"王"威那一种不卑不亢的态度，也就是敬它在狮虎面前那一种不卑不亢的态度。无论在草原上还是在山林中，豹与狮虎近距离遭遇，眈眈相视的情况时有发生。

这时的豹，很有些像江湖独侠士遭遇到了"王"者。艺高胆大的侠士们，那种情况下往往也是不卑不亢的，体现出侠士们藐视王权王威的英雄气概。不鞠不跪，不畏不逃，随时准备为了维护自己侠士的尊严抽剑出招……

豹遭遇狮虎时，也往往表现出不惜决一死战的侠士气概。它仿佛在宣言：我知道你是王，但你只是别的动物的王，不是豹的。如果你欲将你的王威强加于我，那么就请进招吧！情况每是，各自不失尊严地调头而去。在中国，在王权面前，历史上是很有一些不卑不亢之士的。现在，我就不知还有没有了。认为有的，请告诉我是谁们，我愿视为榜样……

熊——陆地动物中，除了象、犀牛、河马，它几乎是最大的。棕熊的体重，有达到六百公斤以上的，与一头大公牛的体重差不多。相对于狮虎而言，它也称得上是"魁梧"的。

人怎么不说熊是"兽中之王"呢？因为它身上永远也不可能具有"王"的"气质"。它大大咧咧，我行我素，偷蜂蜜，逮鱼，溜到农民的苞米地里掰苞米，甚至还到伐木工们的伙房里大快朵颐……熊是天生乐观而喜玩耍的动物。像它那么大的家伙，有时还企图小猫似的捉到一只蝴蝶呢！人怎么会将"王"字封给它呢！从前，东北深山老林的伐木工人代代相传一种说法是——谁如果遭遇到了熊，千万别惊慌。趁它正瞪着你，还没决定怎么对付你，你就开始傻笑。于是熊便困惑。从这一点来看，熊是思维较高级的动物。否则它不会因人的傻笑而犯寻思，干脆就张牙舞爪扑过来。熊越困惑，你就越发笑得响亮，笑得手舞足蹈，浑身乱颤才对。你甚至还可以一边傻笑，一边扭大秧歌。你笑啊笑，扭啊扭，熊终于觉得你好玩儿极了。熊一开始这样觉得，你就有救了。

因为熊一般不"弄坏"自己觉得好玩儿的"东西"。熊甚至会被你逗得躺在地上打滚儿,发出快活的叫声,仿佛也在笑。于是你可趁机逃跑……

我是知青时上山伐过木,伐木工人们关于熊的话题可多啦!那些人与熊之间发生的怪事一点儿也不恐怖,听来使人忍俊不禁。

说有一个人碰到了熊,一时紧张,忘了别人相传的那经验是笑还是哭。他想,人在这种情况之下,哪里还能笑得起来呢?于是按人的逻辑,选择了哭。结果熊大怒,把他折腾得半死不活才悻悻离去。他被救了后,逢人便说:"幸亏我当时号啕大哭,要不没命了!"

别人就挖苦他:"你要不哭,也不至于落个残废的下场!记住,熊讨厌哭哭啼啼的人!"

说还有谁谁,平素是"活宝"一个,没个正经。也遇到了熊,于是使出浑身解数,怪模怪样,媚态百种,尽显"熊大哥"眼前。结果,熊喜欢上他这个人了。他反而更脱不了身了。一想逃,熊就生气,吼。终于钻个空子跑回伐木工人住的木房子,而熊也跟至。围着木房子转,着急,盼他出来,继续跟他耍……

都是传说,不能信以为真的。

但熊身上有"童稚"之气,倒是确确实实的。小熊顽皮。长成了大熊,仍难免"老夫常作少年狂"。对人而言,有"童稚"之气的动物,虽属猛兽,危险性总会相对少些。

一个童心不泯的人，纵有千般缺点，在我看来，也必是可交为朋友的。

不过，人世间，真正童心不泯之人，却是越来越少了。都市里尤其少。都市里，人"单位"化了，"行业"化了，为着各自利益，明争暗斗。仿佛被关在一个大笼子里，彼此难亲难和，躲又躲不开，人心里城府便深。仅只在个人爱好上，可能还有童趣的表现。在对待自己同类方面，比赛着圆滑。崇拜英雄的中国人似乎越来越少，膜拜奸雄理论的似乎越来越多。人人都成了"厚黑学"博士或专家的时候，那就不是熊要跟人玩儿，而是人只有到深山老林里去找熊做知交了……

猴——一种相当能引起人类观赏趣味的动物。人类养猴取娱的历史久矣，仅次于养猫养犬的历史。而人类逮住它们的方式，据说是又容易又五花八门。所利用的也正是它们善于模仿人类行为的习性和它们的自作聪明。

猴一旦被关入动物园的铁笼或围在"猴山"，似乎很快就会忘了林中的自由，渐渐乐不思蜀。它们仿佛对人类"识时务者为俊杰"的哲学大彻大悟，而这是几乎其他一切动物都不能自慰的。有些动物最初甚至会生病，拒绝进食，怏怏而卧，满目忧郁。猴却不会这样。猴以它们仍然的活跃表示这样的猴性——只要有吃的，在哪儿我都一样。而人因此欣赏它们。一块糖、半截香蕉、几枚果子，足以使猴显出种种乞儿之相。猴似乎总在用它们那狡猾的目光问人：还给我点儿什么？也似乎总在用同样的目光对人说：但凡给我点儿什么，我就愿逗你一笑。改革开放以来，某些中国人对外国人，尤其对西方人，就常作这么一种猴子似的媚态。

小孩儿喜欢猴子是自然的。因为小孩儿将一点儿食物抛给猴子时，既满足着施予者的愉快心情，也能从猴子眼中看出巴结自己的眼神儿。并且，这种关系毫无危险。于是，小孩儿感到自己是"人"的优越。

女人喜欢猴子也是可以理解的。因为是姐姐或是母亲的女人，几乎总是喜欢小孩儿所喜欢的东西。依我看来，那实在是母性对儿童的爱心体现，而不见得是对猴的特殊好感。

如果让儿童和女人在小猫、小狗、小兔、小鹿、小鸟和猴之间选择，大多数儿童和女人其实未必一定选择猴为宠物。因为猴气中有得寸进尺的劣点。除了耍猴谋生的江湖杂耍艺人，以及杂技团的驯猴师，我不喜欢另外某些特别喜欢猴子的男人。一个男人特别喜欢猴子，依我想来，他的心理也许是成问题的。因为他所特别喜欢的，除了猴子可由他耍弄或捉弄这一点，不可能再是别的方面。

自己假装吃一大口辣椒，并假装津津有味的样子，然后将辣椒丢给猴，见猴吃了，上一大当，辣得龇牙咧嘴吱吱乱叫，于是开心大笑——这样的事女人一向是不屑于做的，是某些男人们的行径。孩子也这么干，则肯定是向男人们学的，或受男人们唆使。

耍弄或捉弄猴子获得快感的男人，内心深处、潜意识里，大抵也时时萌生耍弄或捉弄别人一番的念头。他们还不曾那么干过，也许只因为还没机会。并且，明白同类比异类不好惹。一有机会或条件他们准那么干。故人类之间有句话是——"你把我当猴耍啊？！"

这一般是男人之间的话语，或是男孩子们之间的。

真的，我不喜欢特别喜欢猴子的男人。

但，心态上像猴的中国男人，或像耍猴者的中国男人，依我看，现在挺多挺多的……

猩猩——比猴智商更高，但同时也比猴有自尊。

猩猩看人的目光中，几乎没有狡狯，没有卑贱。

猴和猩猩的不同在于——猴善于从人身上学劣点；而猩猩善于从人性中接受"正面影响"。猩猩认为人对它真好，猩猩就会以一种近乎"友谊"的感情回报人。这种"友谊"一旦建立，猩猩方面决不首先背叛它。人若生病了，猩猩会守在病床边，会用非常温柔的目光望着人。有时，甚至会用自己的"手"抚摸人，用自己的唇去吻吻人……

猩猩和狗一样，在感情上是人靠得住的"朋友"。它对人的感情，能表达得非常人性化。

以猩猩做医学上的"牺牲品"实验，实在是让人不好受的事……

狮、人及其他

首先让我们来说狮。狮是凶猛的猎食者,也是非洲原野上的王者。我在一篇关于动物的杂感中,认为狮有"黑社会老大"的粗鄙相,与同样是山林王者的虎一比,只不过是原野恶霸而已。虎却是真有王者之仪的。虎身上还透着"隐"的意味儿。长啸之后,一只虎在山林中神秘地出现,于是仿佛整个山林为之肃穆。虎使人感到是有文化的兽。虎使人觉得是山林文化的魂。栖虎之山林,使人心生敬畏。

狮却往往是成帮结伙的,狮是极少的身上没有花纹的大兽。而且,毛色永远是那么难看,也永远没有光泽。我认为在一切颜色中,棕色是无论深浅都会使人眼产生不舒服反应的一种颜色。而狮的毛色接近棕色,有时看去,甚至是很脏的与土色或黑色相混过的那一种棕色。总之,狮往往给人以蓬头垢面、遍身灰尘的印象。

《狂野非洲》的片头是极具视觉冲击力的。一连串飞快变化的每一瞬间都是精彩的,而且,是足以惊心动魄的。喜欢此电视节目的人肯定注意到了,狮在《狂野非洲》片头的两个瞬间出现过。其一,粗树干后,一张狮面鬼祟探出,作贼窥状,使人联想到中外电影中的密探嘴脸,或盯梢者嘴脸。活脱体现了兽王险诈的另一面。

其二,一头雌鹿在灌木后凌空一跃(显然,后有猎捕者),几乎与此同时,灌木后也凌空跃起了一头狮。狮遭到鹿的一跃的冲撞,于是腹上背下,仰在半空。而那鹿正中狮的下怀。狮的四爪自下而上紧紧抱住了鹿。爪钩分明深抓到鹿的皮下了。同时,它锐利而致命的齿,咬进了鹿的颈子……

那狮肯定是预先埋伏在那儿的。它不无谋略。那一动物间的弱肉强食的镜头,堪称珍贵。狮是天生之凶猛的猎食动物,上帝是这么规定它在非洲原野上的角色的。故其猎食情形无论多么血腥,都是符合自然法则的。何况,自然界的弱肉强食,并无哪一种吃法是斯文的。

但一头吃饱了的狮,尤其是雄狮,倘不卧着打盹,倘仍觉精力过剩,它就要干一件很"伤天害理"的事了。

究竟是什么事呢?它踞立高处,四顾搜寻,企图发现猎豹的家。猎豹的家,往往是"单亲家庭"。儿女一断奶,猎豹父亲们就重做流浪汉,再逐新欢去了。狮一旦发现视野内有猎豹的家存在,便奔过去,将小猎豹一一咬死。它并不吃它们,因为它并不饿。它只不过咬死它们,怀着一种灭门般的仇恨,怀着一种"斩草除根"的快感。倘雌猎豹正守护着小猎豹们,或刚巧从别处赶回来,免不了为保护儿女而与雄狮拼死一搏。但猎豹哪里是雄狮的对手,或遍体鳞伤,眼睁睁地看着儿女惨死,或将自己的性命也搭上。

动物学家们认为,狮的这一种灭绝别的兽种的行径,乃因独霸一方,彻底消除"竞争对手"的本能促使。猎豹也是非洲原野上出色的猎食者。其猎食本领的高强,每使狮们望尘莫及。所以,雄狮以对猎豹实行"斩草除根"为己任,达到自己永远垄断非洲原野生存资源之目的。

在大兽中,包括一切大的猎食猛兽中,除了狮,再没有"思想"如此阴暗歹毒的了。

狮不仅对猎豹那样,对同类也心狠手辣。

《狂野非洲》中有一辑是《母狮辛酸泪》——表现一头母狮,既肩负着哺养两只幼崽的使命,亦须照料还在"花季"的妹妹。妇幼四只狮相依为命,全由母狮来解决活着的基本问题——吃的问题。

"她们"被一头雄狮跟踪多日了。因为雄狮看上了母狮。

既然看上了,"他"就要达到占"她"为妻之目的。所以"他"必咬死"她"的儿女,以干干脆脆地结束"她"当年轻母亲的责任,早日在"他"的追求下进入发情期。所以"他"必驱走"她"的妹妹,"他"不愿自己向往的蜜月生活有累赘。而且,"他"干掉"她"的儿女,亦因它们是"前窝"的崽子。

而"他"乃王者。"他"所荫庇的幼狮，必须是"他"的种。

"他"的阴险和歹毒，几番遭到了那母狮舍生忘死的抵抗。而其目的最终还是达到了。当"他"踞立高处，嘴脸上和须上染满鲜血，傲慢又冷酷地俯视着悲怆至极的母狮时，我顿觉狮这一种所谓兽王，不但有"黑社会老大"的粗鄙之相，简直还很流氓。

在自然界，动物间虽有弱肉强食的一面，却也每体现出动人的善性。亲情、友情、爱情，在它们那儿，往往比人类之间还美好。狮的以上行径，除它们而外，几乎另无例子。当然这里指的是大兽。在虫类，比如不同种类的蚁间，也有相互灭门、斩草除根，或掳了对方为奴的现象。

由狮进而联想到了埃及的人面狮身石雕。众所周知，它在希腊神话传说中叫斯芬克斯。它是智慧和邪狞的杂交。当它以谜语考问路人时，它是智慧的；当人答不出，它吃人时，是邪狞的。

它还是王权的象征。是王权不甘消亡而终于消亡了，消亡了以后仍企图在人世间威慑人们精神的一种象征。一切王权皆有邪狞的一面。正如狮有那些流氓的一面。一切具有王权性质的政权，理念上皆必然地具有灭绝异己的本能意识。正如狮对猎豹的灭门和斩草除根的行径。一切王权的最高代表者和高层维权者，骨子里皆必然是自私自利的。正如雄狮为了使自己血脉的王种延续下去，连同类的后代也要咬死。

真的，狮的以上本能，在大兽中绝对是独一无二地恶劣的。比如象，比如虎，比如熊，都并不像它们那样。当动物摄影家们将狮性之恶劣的一面展现给我们人类看的时候，实在是对我们人类很有益的教育。归根结底，狮性之恶劣一面，乃是非洲原野上之生存法则决定了的结果。那一法则使每一头狮都变得极端地以自我为中心。改变狮性之恶劣只有一策，那就是在它是幼狮时使它与人接触，获得一点人性的影响。相反，将人性改变得如狮性一般恶劣，也不是多么难的事。只要在人小的时候，将他或她浸泡在恶劣的文化里就够了。

恶劣的文化有一种恶劣又美丽的倾向。那就是极端地宣扬以自我为中心，极端地鼓吹以自我为中心，极端地偏爱以自我为中心——仿佛彻底地以自我为中心才是彻底的个性自由。于是我的眼看到在现实生活中，不少人尤其是自以为拥有成熟文化的人，人性中都或多或少有着非洲狮的恶劣狮性。他们以非洲雄狮那一种内心里的阴暗和歹毒对待周围的"猎豹"们，也恨不得以非洲雄狮那一种冷酷的方式征服女性。于是我的眼转而向历史去寻找答案，结果发现了一种毒素，那就是认为崇尚恶、欣赏恶、贩卖人性是天经地义的事情。

但是此种文化的流弊是显而易见的。因为它并不能培养一批雄狮般的男人，实际上只不过造就了一群窝里斗有理、窝里横万岁的骨子里的宵小之辈。

我祈祷，如虎一般的男人出现，他们才令我刮目相看……

虎年随想

我是知青的年月,曾伐过木。在深山老林中,在三角帐篷里,在月隐星疏的夜晚,坐大铁炉旁,口嚼香酥的烤馒头片,听伐木工们讲过这么一件关于虎的"逸事"——清晨,一名伐木工刚推开"木刻楞"的门,骇叫一声,慌缩迈出的脚,急将门插上,且用木杠顶住。

众人惊问他看见什么怪物了?何以吓得面无人色?他抖抖地说可不得了,门外趴着一只虎。都不信,纷纷凑窗往外看。果然!那虎比他们想象的要大得多,估计站起来有一头三四岁的牛那么高。趴在门外两米远处,虎视眈眈地瞪着门。有人惴惴地说:"快把窗钉上!"是的,那框架单薄的窗挡不住虎。若虎想进入,只消跃起一蹿,窗便注定会被撞开……于是众人七手八脚翻出钉子、锤子,拆床板,从里面将窗钉死了。都觉安全了些，就一个个虔诚反省——是否谁无视山规，冒犯了兽中之王？东北一代代的伐木工，一向将虎膜拜为"山神"，劳动中禁忌颇多。一个个反省了一番的结果是，并没有什么冒犯"山神"的行为。莫非它饿极了，堵在门口，想人出去一个，它吃一个么？得不出别的结论，似乎也只有以上的结论合乎逻辑。挨至中午，虎不离开。挨至晚上，虎还不离开。天黑了，伐木工都睡了。心里都这么想——看谁有耐性？然而那一夜，谁都没睡好。因为虎在外面时时发出长啸。天刚亮，第一个醒来的伐木工从门缝往外一瞧，不禁倒吸冷气。

虎仍趴在那儿，舔自己的一只前爪。而且，不是一只虎了，是两只虎了。前一只可能是雌的。后来的一只可能是雄的，因为比前一只更壮大。门外雪地一片红，显然它们刚吃过什么，又显然是后一只为前一只叼来的。雪地上的虎踪说明了这一点。

于是两只虎轮番趴在那儿和伐木工们比赛耐性。雌虎离开，雄虎留守；雌虎回来，雄虎离开。雌虎离开时，一只前爪瘸拐着。它回来一趴下，雄虎便替它舔那只爪……

一名老伐木工终于看明白了。他们的住处一向是备有各类外伤药的。他命别人找给他，之后就带着药迈出"木刻楞"，从容地向那只受伤的雌虎走去。别人在他走出去后，立刻又用木杠顶上了门，都从门缝往外瞧……

雌虎的一只前爪很深地扎入着一根木刺。那只爪已经脓肿得非常厉害了。老伐木工替它挑出刺，挤尽脓，敷了药，并包扎了药布。他这么做时，雌虎很配合，很乖顺。雄虎则围着踱来踱去，警惕地监视着，防范着……

以后，每隔数日，伐木工们便会发现有一行虎踪自远而近，又由近而远——门外，或留下一只死兔，或留下一只死狍……

我小学六年级时，还从一本少儿杂志上读到过这样一则关于虎的"逸闻"——苏联某科学家，在考察过程中独自遇到了一只虎。他正坐着吸烟，听到背后有不寻常的响动。一回头，一只虎已经悄悄走近了他，近得只距他五六米了。逃跑根本来不及。他镇定未慌，注视着虎，掏出口琴，以若无其事之状吹起来。虎迷惘了，困惑了，卧下了，也探究地注视他。口琴声一停，虎便站起接近他。他只得又吹。虎经几起几卧，接近到了他身旁。他则衔琴而舞，边吹，边舞向一棵大树。虎亦步亦趋，寸步不离。他舞至树下，虎也跟至。他壮着胆子将口琴塞入虎口。趁虎玩口琴，他攀上了树。虎终于玩得索然，仰头望他一会儿，怏怏而去……

虎一被列入重点保护的珍稀动物，关于虎其实并不吃人的"科学"言论也就多起来了。我相信某些人虎相遇，虎未伤人的事。但我认为那肯定是个别之事，是人的侥幸，比如以上二例。而更多的情况下，据我想来，人若手中无枪，甚至连武松闯景阳冈时所提的哨棒也没有，并且所遇是一只饿虎，那么，十之八九，人的下场是很悲惨的。

我更能接受虎吃人的说法。

但是人虎不期然地相遇的情况毕竟太少了。而人谋杀虎的情况太多了。所谓"兽死于皮",皮一珍贵,再凶猛的兽,对人而言,谋杀之易都不在话下了。

我属牛。从电视里,报刊上,几次见过人将活牛推入虎园,供虎扑食的事。人说:"这是为了虎的生存,培养虎的凶猛本能。"人做什么事都是能找出堂皇的理由的。我却认为,不仅是为了虎的生存,也还是为了人的看。那一张门票不是很贵的么?倘不以活牛喂虎,看的人会那么多么?门票归门票,牛价是另算的。成牛三千,幼犊一千。只买得起门票的也只能看看虎,买得起牛的才有幸观看猛虎食牛。这常使我心生某种怜类之悲。许多事,在中国都变得有点儿邪。尽管如此,我觉得非虎的过错,对虎还是保持着三分敬意,乃因——虎也是可以被驯来表演马戏的,但虎的表演不失起码的自尊。狗表演得出色,驯兽员便不失时机地往狗嘴里塞糖。于是狗作揖。对狗,我其实也是心怀敬意的。我敬军犬的忠诚,敬猎犬的勇敢,敬牧羊犬的"敬业",敬"代目犬"对人的服务精神,敬看家犬的不卑不亢,甚至,敬野狗对自由的选择。我不喜欢的只有两类狗——宠物犬和马戏场上的表演犬。它们之间的区别不大。前者表演给少数人看,后者表演给众多的人看。狗一表演,就不太像狗了,像猴了。

猴嘴里被塞了糖,马戏场上的表现尤其乖。熊也那样。海狮更不例外,一条小鱼足以使它表演起来乐此不疲。但没见过驯兽员在虎表演之前或之后,往虎嘴里塞东西。这方式对虎不灵。驯兽员迫虎表演,靠的是电棍和长鞭。你看虎表演,总不难看出它是多么不情愿。狗、猴、熊、海狮,都会为得到一口吃的而反复表演。在马戏场上,虎也不得不表演。但虎绝不肯反复表演。吃的、电棍和长鞭,都不可能迫虎反复表演。虎为生存而表演,虎不至于为取悦而表演。

虎宁肯在笼子里,其实不情愿上表演场。狗、猴、熊、海狮,却宁肯在表演场上按驯兽员的口令一遍遍不厌其烦地表演同一节目。那时它们嘴中有物嚼着,体会着区别于笼的快活。

而虎宁肯要笼中的自由。

我敬虎的不可彻底驯化的尊严。

我敬那名敢于为虎爪除刺的老伐木工,也敬那名临危不惧的苏联科学家。

据我想来,人与时代的关系,似也可将人与虎的关系来比。

时代也是不可被彻底驯化了像狗、像猴、像熊、像海狮那样完全按照人的示意反复为人进行表演的。

每一个时代都有它的虎气。

人的猴气一重,时代就张扬它本身的虎气。时代的虎气一旦强大于人应具备的虎气,人就反而陷入了被迫表演的误区。中国目前的表演太多了。

"猛虎啸于前而不色变,泰山崩于后而不心惊。"——虎年之中国人,或该开始蓄备如此定力?

狍的眼睛

狍子当归属于鹿的一种。比麝和獐略大，比鹿略小。由于它不像鹿和麝一样，鹿有珍贵的鹿茸、鹿心血，麝香可入药；甚至连它的皮也不像獐的皮一样可制成细软的皮革，所以它无幸列入动物的受保护"名单"，一向被人认为既没什么观赏价值，也没什么经济价值。人养火鸡、鸵鸟、狐、貂，也养山雉和野兔，就是不养狍。

所以狍似乎是动物中的劣种，是山林中的"活动罐头"，任谁都可以设套子套它，或用猎枪射杀它。

东北山林中的鄂伦春人，以狍为主要的猎捕之物。他们吃狍肉如我们汉人吃猪肉一样寻常。他们从头到脚穿的、铺的、盖的，几乎全是狍皮制品。狍皮虽然不属珍皮，而且非常容易掉毛，但却有一大优点——阻隔寒潮。鄂伦春猎人在山林中野宿,往往于雪地上铺开三边缝合了的狍皮睡袋,脱光衣服钻进去,只将戴着狍皮帽子的头露在外,连铺带盖都是它了。哪怕零下三十几度的严寒,睡袋内也一夜暖乎乎的。

当年我是知青,在一师一团,地处最北边陲。每月享受九元"寒带地区津贴"。连队三五里外是小山,十几里外是大山。鄂伦春族猎人,常经过我们连,冬季上山,春季下山。连里的老职工、老战士,向鄂伦春族学习,成为出色猎人的不少。当年中国人互比生活水平,论几"大件儿"。连里老职工、老战士们的目标是"四大件儿"——自行车、缝纫机、收音机,加一支双筒猎枪。三四年后,仅我们一个连一百多名知青中,就有半数铺上了狍皮褥子,或向鄂伦春族猎人买的,或向本连老职工、老战士买的。全团七个营四十余个连,往最少了估计,那些年究竟有多少只狍子丧生枪下,可想而知。新狍皮,小的十五元,大的二十元,更大的,也有二十五元一张的,最贵不超过三十元。

北大荒的野生动物中,野雉多,狍子也多。所以有"棒打狍子瓢舀鱼,野雉飞到饭锅里"的夸张说法。

狍天生是那种反应不够灵敏的动物,故人叫它们"傻狍子"。人觉得人傻,在当地也这么说:"瞧他吧,傻狍子似的!"

狍的确傻。再傻,它见了人还能不跑吗?当然也跑。但它没跑出去多远却会站住,还会扭回头望人,仿佛在想——

我跑个什么劲儿呢？那人不一定打算伤害我吧？——往往就在它望着人发愣之际，砰！猎枪响了……

被猎枪射杀的狍子中，半数左右是这么死的。死得糊涂，死得傻，死得大意。

狍真的很傻，少见那么傻的野生动物。

夜晚，一辆汽车在公路或山路上开着，而一只狍要过路。车灯照住狍，狍就站定在路中央不动了。它似乎想弄明白是怎么回事，为什么那么亮的一片光会照住它？……司机一提速，狍被撞死了……

我是知青的六年间，每年都听说几次汽车撞死狍子的事。卡车撞死过狍子，吉普也撞死过狍子，还目睹过两次这样的事。不但汽车撞死过狍子，连拖拉机也撞死过狍子。当年老旧的一批"东方红"链履式拖拉机，即使挂到最高速五挡，那又能快到哪儿去呢！但架不住傻狍子愣是站定在光中不跑哇……

狍的样子其实一点儿都不傻。非但看上去并不傻，长得还很秀气。知道鹿长得什么样儿，就想象得到狍长得多么秀气了。狍的耳朵比鹿长一些，眼睛比鹿的眼睛还大。公狍也生角，但却不会长到鹿角那么高，也不会分出鹿角那么多的叉儿，一般只分两叉儿。狍不会碎步跑，只会奔跃，但绝不会像鹿奔得那么快，也不会像鹿跃得那么远。狍虽是野生动物，但又显然太缺乏"野外运动"的锻炼。

狍，傻在它那一双大眼睛。

狍的眼中，尤其母狍的眼中，总有那么一种犹犹豫豫、懵懵懂懂不知所措的意味。我这里将狍的眼神儿作一比，仿佛虽到了该论婚嫁的年龄，却仍那么缺乏待人接物的经验，每每陷于窘状的大姑娘的眼神儿。这样的大姑娘从前的时代是很有一些的。现在不多了。狍发现了人，并不立即就逃。它引颈昂头，凝视着人。也许凝视几秒钟，也许凝视半分钟甚至一分钟之久。要看它在什么情况之下发现了人，以及什么样的人，人在干什么。狍对老人、小孩儿和女人，戒心尤其不足。

我在连队当小学老师的两年中，有一天带领学生们捡麦穗儿，冷不丁地从麦捆后站起了一只狍子。它大概在那儿卧着晒太阳来着。一名女学生，离那只狍仅数步远。它没跑，凝视着她。她也凝视着它，蹲在地上，手中抓着把麦穗儿，一动也不动。别的同学就喊："扑它！扑它呀！"她仿佛聋了，仍一动也不动。于是发喊的同学们就围向它，纷纷将手中装麦穗的小筐小篮掷向它。当时，这些孩子们手中除了小筐小篮，也没另外的任何器物。有的筐篮，还真就准确地掷在狍身上了。当然，并不能使狍受伤。它这才跑。它一慌，非但没向远处跑，反而朝同学们跑来，结果陷于包剿。左冲右突了一阵，才得以向远处逃脱……

别的同学就都埋怨那女同学："你怎么比狍子还傻？怎么不扑它呀？"

她说："我光顾看它眼睛了，它的眼睛可真好看！"

后来，她把这件事写到作文中了，用尽她所掌握的词汇，着实地将狍的眼睛形容了一番。她觉得狍的眼睛像"心眼儿特实诚的大姑娘的眼睛"。我今天也这么在此形容,坦率地讲,是抄袭我当年的学生。

小学校的校长是转业兵,姓魏,待我如兄弟。他是连队出色的猎手之一。冬季的一天,我随他进山打猎。我们在雪地上发现了两行狍的蹄印。他俯身细看了片刻,很有把握地说肯定是一大一小。顺踪追去,果然看到了一大一小两只狍。体形小些的狍,在我们的追赶下显得格外灵巧。它分明企图将我们的视线吸引到它自己身上。雪深,人追不快,狍也跑不快。看看那只大狍跑不动了,我们也终于追到猎枪的射程以内了,魏老师的猎枪也举平瞄准了,那体形小些的狍,便用身体将大狍撞开了。然后它在大狍的身体前蹿来蹿去,使魏老师的猎枪无法瞄准大狍,开了三枪也没击中。魏老师生气地说——我的目标明明不在它身上,它怎么偏偏想找死呢!

但傻狍毕竟斗不过好猎手。终于,它们被我们追上了一座山顶。山顶下是悬崖,它们无路可逃了。

在仅仅距离它们十几步远处,魏老师站住了,激动地说:"我本来只想打只大的,这下,两只都别活了。回去时我扛大的,你扛小的!"他说罢,举枪瞄准。狍不像鹿或其他动物,它们被迫到绝处,并不自杀。相反,那时它们就目不转睛地望着猎人,或凝视枪口,一副从容就义的样子。那一种从容,简直没法儿细说。那时它们的眼睛,就像参加奥运的体操选手连出差失,遭到淘汰已成定局,厄运如此,听天由命。某些运动员在那种情况之下,目光不也还是要望向分数显示屏吗?——那是运动员显示最后自尊的意识本能。狍凝视枪口的眼神儿,也似乎是要向人证明——它们虽是动物,虽被叫傻狍子,但却可以死得如人一样自尊,甚至比人死得还要自尊。

在悬崖的边上,两只狍一前一后,身体贴着身体。体形小些的在前,体形大些的在后。在前的分明想用自己的身体挡住子弹。它眼神儿中有一种无悔的义不容辞的意味儿,似乎还有一种侥幸——或许人的猎枪里只剩下了一颗子弹吧?……

它们的腹部都因刚才的逃奔而剧烈起伏。它们的头都高昂着,眼睛无比镇定地望着我们——体形小些的狍终于不望我们,将头扭向了大狍,仰望大狍。而大狍则俯下头,用自己的头亲昵地蹭对方的背、颈子。接着,两只狍的脸偎在了一起,两只狍都向上翻它们潮湿的、黑色的、轮廓清楚的唇……并且,吻在了一起!我不知对于动物,那究竟等不等于吻,但事实上的确是——它们那样子多么像一对儿情人在以相吻诀别啊!……

我心中顿生恻隐。正奇怪魏老师为什么还没开枪,向他瞥去,却见他已不知何时将枪垂下了。他说:"它们不是一大一小,是夫妻啊!"他嘿嘿然不知说什么好。他又说:"看,我们以为是小狍子那一只,其实并不算小呀!它是公的。看出来没有？那只母的是怀孕了啊！所以显得大……"我仍不知该怎么表态。"我现在终于明白了，鄂伦春人不向怀孕的母兽开枪是有道理的！看它们的眼睛！人这种情况下打死它们是要遭天谴的呀！"魏老师说着，就干脆将枪背在肩上了。后来，他盘腿坐在雪地上了，吸着烟，望着两只狍。我也盘腿坐下，陪他吸烟，陪他望着两只狍。我和魏老师在山林中追赶了它们三个多小时。魏老师可以易如反掌地射杀它们了，甚至，可以来个"串糖葫芦"，一枪击倒两只，但他决定不那样了……我的棉袄里子早已被汗水湿透，魏老师想必也不例外。那一时刻，夕阳橘红色的余晖，漫上山头，将雪地染得像罩了红纱巾……

两只狍在悬崖边相依相偎，身体紧贴着身体，眷眷情深，根本不再理睬我们两个人的存在……那一时刻，我不禁想起了一首古老的鄂伦春民歌。我在小说《阿依吉伦》中写到过那首歌，那是一首对唱的歌，歌词是这样的：

小鹿：妈妈，妈妈，你肩膀上挂着什么东西？

母鹿：我的小女儿，没什么没什么，那只不过是一片树叶子……

小鹿：妈妈，妈妈，别骗我，那不是树叶子……

母鹿：我的小女儿，告诉你就告诉你吧，是猎人用枪把我打伤了，血在流啊！

小鹿：妈妈，妈妈，我的心都为你感到疼啊！让我用舌头把你伤口的血舔尽吧!

母鹿:我的女儿呀,那是没用的。血还是会从伤口往外流啊,妈妈已经快要死了!你的爸爸早已被猎人杀死了,以后你只有靠自己照顾自己了!和大伙一块儿走的时候,别跑在最前边,也别落在最后边。喝水的时候,别站定了喝,耳朵要时时听着。我的女儿呀,快走吧快走吧,人就要追来了!……

倏忽间我鼻子一阵发酸。

以后,我对动物的目光变得相当敏感起来……

"十姐妹"出走

且说那一天我在家对面的小树林散步,遇见了几个年轻的民工。其中一个拎着纸盒箱,箱四周扎了许多透气孔。见着我,拎纸盒箱的自言自语:"这么大一个北京,竟没识货的人!"仿佛自言自语,其实说给我听。那模样,那口吻,使我联想到受高衙内指使,诱林冲中计的那个卖刀人……

我问:"什么?"

他们中有人答:"鸟儿……"

"什么鸟儿?"

"十姐妹……"

好悦心的鸟名——我不禁掀开纸箱盖儿一角往里瞅,但见十位"小姐"挤缩一处,十双黑晶晶的小眼睛瞪着我,胆怯而又乞怜。黄嘴边儿还没褪哪,羽毛还没长全哪,毛根间暴露着粉红的肉色，如同一群只扎肚兜儿的光身子小孩儿……

并不雅的些个小东西！

"卖？"

"卖！"

"多少钱？"

"二十元！"

"太小哇。"

"这您就外行啦，养鸟儿都得从小养起。"

"不好看呀，跟麻雀似的！"

"毛长全就好看了，不好看能叫'十姐妹'么？"

于是我一念顿生，成了"十姐妹"的"家长"。

最初养在一个极小的笼子里，用两个瓶盖儿喂它们水和小米。后来妻买回了一个漂亮的够大的笼子，于是它们"迁"入了新居，好比住在小破房里的中国老百姓，一步登天搬进了花园洋房。那一天"她们"显得好高兴噢，叽叽喳喳叫个不停。我们一家三口看着"她们"高兴，各自心里也高兴……

自从阳台上有了"十姐妹"便热闹起来。"小姐"们一会儿"说"一会儿"唱"。"说"时其音细碎一片，吴侬软语似的，使我联想到一群上海姑娘聚在一起聊悄悄话儿。"唱"时反倒不那么动听了，类乎"喳"的一个单音，此长彼短，自我陶醉。没一个嗓子强点儿或可出息为歌唱家的。于"她们"正应了那句话——"说的比唱的好听。"

那时我正写作，便不免会有些烦，常到阳台上去冲"她们"喝唬一句。喝唬一句大概能消停五分钟。于是最后只有关上几扇门,隔断"她们"的噪音,将自己关在最里边的小屋。

安定且无忧无虑的生活,使"她们"长大得明显,羽毛日渐丰满了,一个个都出落得非麻雀可比了。秀小的头,鱼形的身,颔下和喙根两侧,以及翅膀和尾翼之间,是洁白的绒羽和翅子。若补充些想象看它们,也还算漂亮。

有天我发现"她们"争争吵吵拥拥挤挤地围住饮水罐儿,衔了水梳理羽毛。我想——哦,"小姐"们是该洗次澡了,便将一个饼干盒盖注满清水,将笼底抽下,将笼子置于盒盖上,伫立一旁静观。"她们"不争不吵不拥不挤了,一只只侧着头,矜持地瞪我。我刚一转身离去,阳台上便溅水声大作。水珠竟透过纱门溅入室内。偷窥之,见"她们"洗得那个欢呢!而且相互梳洗……

于是便宠出了"她们"的娇惯毛病。每至中午,倘不为"她们"提供此项服务,阳台上便一片抗议之声,不予理睬简直就不可能。"她们"是很讲"三大纪律八项注意"的,或者可以说很培养我的文明意识——只要我在看着,决不下水。其实我也不稀罕看。偷窥的行为就那么一次。女人们洗澡的美妙情形我早已司空见惯了,在电影里……

原先,鸟笼放在一把椅子上的。阳台下半部是砌严的,小时候它们则只能看到一片天空,倒也都甘于做井底之蛙。有一天"她们"就以"她们"的噪音,提出了开阔视野高瞻远瞩的要求。于是中午洗过澡后,我将鸟笼挂在晾衣竿上。第一次透过阳台窗望到外面的广大世界,"她们"真是显得惊奇极了。"说"了一中午,"唱"了一中午。反反复复"唱"的,在我听来,仿佛始终是那么一句——"外面的世界很精彩……"

我听不得"她们"向我传达的那份儿幽怨,干脆启开笼门,将"她们"放飞在阳台上。不消说,从此我更得勤于打扫阳台了……

我常想起买下"她们"时的情形。不知命运如何,"她们"的那份儿胆怯好可怜。不愁冷暖不愁饥渴了,就产生了对"居住"条件的高要求。"居住"条件大大改善了,就渐渐滋长了"贵族"习惯,每天还得洗次澡。一旦"贵族"起来了,则又开始向往自由了。给予了"她们"一个阳台的自由范围,最初的喜悦和兴奋过后,又分明向往起"外面的世界"来……有天它们一溜儿蹲栖在窗格上,静悄悄的,都很忧伤的样子,仿佛些个囚徒似的。我几经犹豫,开了一扇阳台窗。轻风和爽气扑人,"她们"都扇动起翅膀来……我说:"小姐们,请吧,我还你们自由……""她们"一只只从敞开的窗子跳进跃出着,不停地扇翅,一会儿侧头看我,一会儿仰望天空,若有依恋之意……我又说:"想回来时就回来,这扇窗将随时为你们打开……"我也满怀着对"她们"的依恋,离开了阳台。半小时后,十只鸟儿剩下五只了。一个小时后,阳台上一只鸟儿都不见了,顿时寂静得使人郁悒……有几只鸟儿飞回来过——吃点儿食，饮点儿水，洗次澡，又飞走……从此，我在早晚散步时，总能听到"她们"的声音，传出自小树林里。我的"丫头"们的声音，我是听得出来的……

有天我发现一只鹞鹰，在附近的树林上空盘旋。我想——说不定它是被我的"丫头"们的叫声引来的，伺机加害于"她们"。于是我赶快回到家里，找了一根长长的竹竿，挂上彩布，在树林中奔来奔去，挥舞着，大叫着，直至将那残食弱小的枭禽驱逐遁去……

有天我发现别人家养着两只鹦鹉的笼子里，也有一只"十姐妹"。两只鹦鹉都啄"她"，啄得"她"没处藏没处躲，紧缩一隅，尾巴挤出在笼外。见了我，便在笼子里"炸"飞起来，叫个不停，其音哀婉。我想，那一定是我的"丫头"中的一只，想吃食，想饮水，或想洗澡，误入了别人家的阳台……

于是我将"她"讨回，养了几日，又放飞了……有天早晨，在公园里，我见到一个张网人，一次用粘网粘住了三只"十姐妹"。我想那也肯定是我放飞的鸟儿。我将"她们"再次买下，养了几日，也又放飞……"外面的世界很精彩，外面的世界很无奈。"——在人的城市里，对鸟儿们也是这样的……

自由，在本质上，其实也是人对他人的责任感最完善的摆脱。正如我不可能也不打算每见到别人笼子里的一只"十姐妹"都买下放飞一样。在这么一种社会形态下，若同时没有法的威慑，没有信仰对心灵的影响，大多数人，就只有像我养过的"十姐妹"一样，提高防范的能力，并靠运气活着了……

有天夜里我做了一个梦——梦见老了的自己，被十个女儿围绕着，还有十个女婿侍守一旁——尽管这有悖计划生育法，而且"十姐妹"也并非就全是"丫头"，但仍没妨碍我做了那么一个很幸福的梦……

咪妮与巴特

我家所住的院子，临街有一处很大的门洞，终年被两扇对开的铁栅栏门封着。左边那一扇大门上，另有小门供人出入。但不论出者入者，须上下十来级台阶。小门旁，从早到晚有一名保安值勤，看上去还是个半大孩子，一脸稚气未褪。

我第一次见到咪妮，是在去年夏天的一个中午。它"岿然不动"地蹲在小保安脚边，沐浴着阳光，漂亮得如同工艺品。它的脸是白色的；自额、眼以上，黄白相间的条纹布满全身。尾巴从后向前盘着，环住爪。看上去只有两三个月大。一点儿也不怕人，显得挺孤傲的，大睁着一双仿佛永远宠辱不惊的眼，居高临下地、平静地望着街景。猫的平静，那才叫平静呢。

我问小保安："你养的？"他说："我哪儿有心思养啊，是只小野猫。"从楼里出来了一个背书包的女孩儿，她高兴地叫了声"咪妮！"——旋即俯身爱抚，边说："咪妮呀，好几天没见到你了。昨天夜里下那么大雨，你躲在哪儿啊？没挨淋吧？"小野猫仍一动不动，只眯了眯眼，表示它对人的爱抚其实蛮享受的。那女孩儿我熟识，她家和我家住同一楼层，上五年级了。我问："你给它起的名字？"她"嗯"一声，从书包里取出小塑料袋，内装着些猫粮；接着将猫粮倒在咪妮跟前，看它斯文地吃。我又问："既然这么喜欢，干吗不抱回家养着啊？"她的表情顿时变得失意了，小声说："妈妈不许，怕影响我学习。""多漂亮的小猫呀，模样太可爱了！"——不经意间，有位女士也站住在台阶前了。我和她也是认识的，她是某出版社的一位退休编辑，家住另一条街，常到这条街来买东西。女孩儿立刻说："阿姨，那您把它抱回家养着吧！"

连小保安也忍不住说："您要是把它抱回家养着，我替它给您鞠一躬！这小猫可有良心了，谁喂过它一次，一叫，它就会过去。"

退休的女编辑为难地说："可我家已经有一只了呀，而且也是捡的小野猫。"

于是他们三个的目光一齐望向我，我亦为难地说："几个月前，我家也收养了一只小野猫。"

于是我们四个的目光一齐望向咪妮，它吃饱了，又蹲在小保安脚边，不动声色，神态超然地继续望街景。给我的感觉是，作为一只猫，它似乎懂得自己应该是有尊严的。只要自己时时刻刻不失尊严，那么它和人的关系就接近着平等了。确乎地，它一点儿都不自卑，因为它没被抛弃过……

而和它相比，巴特分明是极其自卑的。

巴特是一条流浪街头的小狐犬，大概一岁多一点儿。小狐犬是长不了太大的，它的体重估计也就七八斤，一只大公鸡也能长到那么重。它的双耳其实比狐耳大，却不如狐耳那么尖那么秀气；全身都是白色的，只有鼻子是褐色的。小狐犬的样子介于狐和犬之间，说不上是一种漂亮的狗。它招人喜欢的方面是它的聪明，它的善解人意。

我第一次见到它，是在离我们这个社区不太远的一条马路的天桥上。我过天桥时，它在天桥上蹿来蹿去，一忽儿从这一端奔下去，一忽儿从那一端奔上来，眼中充满慌恐，偶尔发出令人心疼的哀鸣。奔得精疲力竭了，才终于在天桥上卧下，浑身发抖地望着我和另一个男人；我俩已驻足看它多时了。那男人告诉我——他亲眼所见，一个女人也就是它的主人，趁它在前边撒欢儿，坐入一辆小汽车溜了……

尽管我对它心生怜悯，但一想到家里已经养着一只小野猫了，遂打消了要将它抱回家去的闪念。我试图抚摸抚摸它，那起码足以平复一下它的慌恐心理，不料刚接近一步，它迅速站起，跑下了天桥……

从那一天起，它成了附近街上的流浪狗。有一个雨天，我撑伞去邮局寄信,又见到了它。它当时的情况太糟了,瘦得皮包骨,腹部完全凹下去,分明多日没吃过什么了。白色的毛快变成灰色的毛了,左肩胛还粘着一片泥巴,我猜或是被自行车轮撞了一下,或是被什么人踢了一脚。它摇摇晃晃地过街,不顾泥不顾水的。邮局对面有家包子铺,几名民工在塑料棚下吃包子,它分明想到棚下去寻找点儿吃的。如果不是饿极了,小狐犬断不会向陌生人聚拢的地方凑去的。然而它连走到那里的气力也没有了,四腿一软,倒在水洼中。我赶紧上前将它抱起,否则它会被过往车辆轧死。在我怀里,那小狗的身子抖个不停,比我在天桥上见到它那次抖得还剧烈。但凡有一点儿挣动之力,它是绝不会允许我抱它的。它眼中满是绝望。我去棚下买了一屉小包子给它吃——有我在眼前看着,它竟不敢吃。我将它放在一处安全的、不湿的地方,将装包子的塑料袋摊开在它嘴边,它却将头一偏。一名民工朝我喊:"嗨,你守在那儿,它是不会吃的!"我起身离开数步,回头再看,它才狼吞虎咽地吃起来……

以后,只要我在街上看见它,总是要买点儿什么东西喂它。渐渐地,它对我比较地信任了。有次吃完,跟着我走,一直将我送到我们那个院子的台阶前。"巴特"是我对它的叫法,我小时候养过一只狗就叫"巴特"。

某日,我在台阶上喂咪妮,巴特出现了。它蹿上台阶,与咪妮争食猫粮,咪妮吓得躲开。我说:"巴特,不许抢,一块儿吃。你看,有很多。够你吃的!"我的声音严厉了点儿,它居然退开，尽管很不情愿。并发出极低微的喉音，像小孩子委屈时的呢哝，扭头看我，眼神很困惑。当我将咪妮抱过来放在猫粮旁，巴特的头转向了一旁。那一时刻，这无家可归的可怜的流浪狗，表现出了一种令我肃然起敬的良好的教养，一种对于一条饥饿的小狗来说实在难能可贵的绅士风度。多好的小狗啊！我不禁想，这么听话这么乖的一条小狗，它的主人怎么就忍心将它抛弃了呢？我抚摸了它一下，又用温柔的语调说："不是不允许你吃，是希望你谦让点儿。吃吧吃吧，你也吃吧！"它这才又将嘴巴伸向了猫粮。两个小家伙吃饱以后，并没马上分开，而是互相端详，试探地接近对方。当彼此都接受了，咪妮卧在小保安脚边，一下一下舔自己的毛。巴特却不安分，绕着咪妮转，不停地嗅它，还不时用头拱它一下。而咪妮并不想和巴特闹，不理睬巴特的挑逗，闭上了眼睛。巴特倒也识趣，停止骚扰，也在咪妮身旁卧下。不一会儿，两个小家伙都睡着了，咪妮将下颌搁在巴特背上，睡相尤其可爱。

小保安苦笑道："看，我好像成了专在这儿保护它俩的人了！"

傍晚，我碰到了那个经常喂咪妮的女孩儿，她在门洞里玩滑板。她停住滑板，问我："伯伯，您猜它俩躲到哪儿去了？"我反问："谁俩呀？"她说："咪妮和巴特呀，保安叔叔告诉我，您叫那条小流浪狗巴特，我喜欢您给它起的名字。"我说："我也喜欢你给那只小野猫起的名字。""您猜它俩躲哪儿去了?"我摇头。"我知道,您想不想去看?"我犹豫一下,点了点头。在我们那个院子最里边,有一处休闲之地。草坪上,曲折地架起尺许高的木板踏道。在两段木板的转角,女孩儿蹲了下去。她说:"它俩在木板底下呢。"仅仅蹲着并不能看到木板底下。女孩儿又说:"您得学我这样。"我便学她那样,将头偏向一旁,并低垂下去,于是看到——咪妮和巴特,正在一块纸板上嬉闹。女孩儿说:"纸板是我为它俩放在那儿的。"两个小家伙发现我和女孩儿在看它们,停止嬉闹,先后钻出,跟我和女孩儿亲热了一阵,复钻入木板底下,继续厮斗。

看着一条被抛弃的、心理创伤很深的流浪小狗与一只孤独然而高傲的小野猫成了一对好朋友,我心温暖。比之于人的社会,那一时刻,我忽然觉得,小猫小狗之间建立友爱,则要容易多了。我从那尺许高的木板之下,看到了令我感动并感慨的图景。

自那一天起,两个小家伙形影不离。它们有了一个共同的家,便是那木板踏道的底下。看着它们在一起高兴的人多了,喂它们东西吃的人也多了。小保安不知从哪儿捡了两个旧沙发垫塞到了木板下,还有人将一大块旧地板革铺在踏道上,防止雨漏下去。两个小家伙喜欢相依相偎地睡在"家"里了。据女孩儿说,咪妮睡时,仍将头枕在巴特背上,似乎那样它才睡得舒服,睡得安全……

偶尔,它俩也会跑下台阶,穿过街道,在对面的小铺子间踱踱逛逛的。大概它们以为，人都是善良的。而街对面那些开小铺面的外地人，以及他们的孩子，确实都挺善待它们。看到家养的小猫小狗在一起是一回事，看到一条小流浪狗和一只小野猫形影不离是另外一回事：咪妮和巴特，使那一条街上的许多大人和孩子的心，都因它们而变得柔软了。

我出差了数日，返京第二天中午，艳阳高照，然而暑热已过，天气好得令人心旷神怡。吃罢午饭。我带足猫粮狗粮，去到了门洞那儿。

却不见咪妮和巴特。

小保安说："都死了……"

我一愕。

他告诉我——一天下午，咪妮和巴特又跑到街对面去了；偏巧街对面停着一辆"宝马"，车窗摇下一边，内坐一妖艳女郎，怀抱一狮子狗。那狗一发现咪妮和巴特，凶吠不止。咪妮和巴特便迅速跑回台阶上，蹲在小保安脚边。那女郎没抱紧狮子狗，狮子狗从车窗蹿了出去，追到了台阶上。咪妮野性一发，挠了狮子狗一爪子；女郎赶到，见她的狮子狗鼻梁上有了道血痕，说是破了她那高贵的狗的狗相，非要打死咪妮不可。小保安及时抱起咪妮，说咪妮不过是一只小野猫，有身份的人何必跟一只小野猫计较？而这时，巴特和那狮子狗，已扑咬作一团。女郎尖叫锐喊，从花店中闯出一彪形大汉，奔上台阶，看准了，狠狠一脚，将小巴特踢得凌空飞起，重重地摔在水泥街面上。咪妮挣脱小保安的怀抱，转身逃入院中。

那女郎踏下台阶，也对奄奄一息的巴特狠踢几脚。一切发生在不到一分钟内，等人们围向巴特，"宝马"已开走了……

我听得目瞪口呆，良久才问了一句话是："那，那咪妮呢？……"

"也死了……躲在木板底下，三天不出来，三天不吃东西……怎么叫它也不出来，喂它什么都不吃……活活渴饿死的……我和几个小朋友把它和巴特埋在一块儿了……"

我一转身，见说完话的女孩儿，无声地哭。

我，将手伸入了衣兜。

无话可说之时，我便只有吸烟。

我三口五口就吸完了一支烟。

何以解恨？唯有香烟。

唯有香烟……

翌日，我终于想好了我要说些什么——在课堂上，在讨论一部爱情电影时，我对我的学生们说："那种对猫狗也要分出高低贵贱的女人，万勿娶其为妻！那种对小猫小狗心狠意歹的男人，你们女同学记住，不要嫁给他们！……"其实我还想说：这处处呈现出冰冷的、病态的、麻木的、凶暴的现实啊，还有救吗？然我自知，这么悲观的话，是不该对学生们说的……

二〇〇九年十二月于北京

老虾

其实,我并没什么把握没什么根据肯定地说——它是一只老虾。因为首先,我对一只虾的寿数的了解等于零。其次,我对它已究竟活了多久毫不清楚。我只知道自己养着它,差不多快三年了。

三年前的四五月份,某一天我逛早市,见一农妇在大声招徕着卖虾——非是我们常见也常吃的大对虾或小对虾,也不是更小的,几乎通体透明的那一种淡水白虾,而是类似龙虾的那一种,长着一双大"钳子",浑身被硬壳"包装",黑红色,样子很威猛。除了比龙虾小,此外没什么不同。

我生平第一次见到这一种虾,是在北大荒连队前面有条小河,我正在河里游泳,突觉脚趾一痛,很恐慌,以为被水蛇咬了。心想除了水蛇,那河里也不可能再有别的什么攻击人的活物哇。反正不是被鱼咬了是肯定的。再大的鱼，人一扑腾水，也早就跑了呀。攻击人的只有鲨鱼，我当然明白那条小河里哪儿来的什么鲨鱼……

及至恐恐慌慌地爬上岸，才见小脚趾上，吊着种以前从没见过的活物。与我这个人相比，它分明仍算小东西。但与河里的小鱼小虾相比，它就要算一个不小的东西，甚至要算较大的东西了——倘连它的大钳的长度也在内，差不多该有五寸。

人们都说驴咬住了人是不肯轻易松口的；说王八也那样；还说倘真被王八咬了，只有当它听到驴叫时才会松口。否则，即使将它的头砍下来，还会咬住你很久。那一天我领教了，至少有第三种具有攻击性的动物也如此……

我将它的一只大钳折断了。折断了的大钳仍钳住我的小脚趾不松开。我在折断它的大钳时，手不小心被它的另一只钳夹住……

它弄得我脚趾破了，手破了。而我的报复对它也是致命的、凶残的，将它的两只大钳都折断了。

连里的老职工告诉我它叫"蝼蛄虾"，并说炸了吃，挺香。

于是知青们就常翻动河里的石头逮它们。连队缺油，炸是炸不了的。逮多了便用火烤着吃。一烤，壳变红了。壳变红了以后的它们，样子也就不那么威猛了，红得美丽了，可供观赏了，烧着吃也香……

早市上有不少人围着那农妇买，八元一斤。它们在大盆里张牙舞爪，不那么容易称斤两。

我花两元钱买了三只。那农妇听我说要养着，帮我挑了三只极大的，看去极有生命力的。

回到家，我将它们养在盆里。正是乍暖还寒季节，夜里每每还是挺冷的。我怕盆放阳台冻着它们，委屈了它们，便放屋里。半夜听到发出一阵阵响动，以为它们原本是习惯于夜间活泼起来的东西，没在意。第二天早晨一看，三只死了两只，活着的是最威猛最强大的。死了的两只，死得很惨——大钳都被钳断了。看来，它们在残害对方的性命之前，先是要将对方弄到丝毫也没有战斗力的地步的。你想失去了大钳，岂非好比人失去了双臂？那就既没有战斗力也没有丝毫的防御能力了，只有任人残害的份儿了……

两个"死者"，一只眼睛还都被钳掉了，而另一只还被"剖腹"了……

当时我瞧着盆里触目惊心的情形，不禁地对那胜利者有些憎恨。如同憎恨灭绝人性的、违反起码人道的一切行径。

我以为它们的互相杀戮，是由爱的嫉妒和性的占有意识而致。细思忖之，推翻了自己的结论。果真如我以为的那样，活下来的该是两只。不可能恼羞成怒，连"女方"也一并杀害了吧？这是人的行径，不是其他的任何一种活物的行径。在这一点上，其他的一切活物，恰恰是要比人"人道"的……

排除了异性的存在引起相互残杀的可能性，那么只能确信三只都是同性无疑。但我却很想不明白它们了——非是为了传宗接代的本能，也非是为了争夺食物（当时我还不知该喂什么呢），何以不是你死便是我活起来呢？在"解除"了对方的战斗力和防御能力之后，又"剜目"，又"剖腹"，太凶残了啊！我买三只，本是希望它们和睦相处，不觉孤独的啊！……

于是我明白了——这可能是一种心性孤独、凶残，容不得"别人"在同一空间里存在的东西。

但我也不能由于憎恶，便将活着的仿佛不可一世的家伙也弄死啊！

只能继续养着，一直养到现在。养了三年多。说它是老虾，乃因为，当初我真没想到它这么能活。

它几乎什么都吃。我养的小小的热带鱼死了，丢在它盆里，它吃。妻做菜时，我取一小片肉丢在它盆里，也吃。菜类，果类，乃至馒头，都吃。喂鱼的颗粒状的鱼食，还吃。但我却从来也没见过它怎么吃。它只在觉得没有旁观者的情况下才吃。而且它极敏感。你以为它大概是在吃东西，你想走过去瞧瞧，无论你脚步放得多么轻，待你走到盆边，它并没在吃。也许，它会感到人无法感到脚步与地面的摩擦对地面的轻微震动。

我只有一次见到它吃东西，是赤着脚走到盆边才见到的——它侧着身，半沉半浮，用八对爪子拨动食物。原来它还另有一对钳子，长在嘴边，是专门用来吃东西的。钳住了食物，从容不迫地往嘴里送……

隔几天，我就将它从盆中捞出，用牙刷仔细刷净它身上积的苔垢。起初它不知我欲将它怎样，一点儿也不老实。两只大钳子挥舞不止，企图夹我。后来习惯了，大概也觉得被刷一次是很舒服的，我再从盆中将它捞起时，不反抗了，显得很乖。但只有我可以，别人不行，比如妻或儿子就不行，仿佛它认人。

看来，再低等的生命，你只要诚心为它服务，为它活得好，久而久之，它也就对你另眼相看，区别对待了……

前几天，这凶残的，在同一空间同一环境里容不得第二个同类存在的，威猛而又不可一世的，不知究竟算不算老的"老"东西，到底还是死了……

它也死得很惨——一只眼睛掉出来了，几乎所有的螯爪全都掉下来了。两只大钳子，从根部折断了。还有它的两条长须，都短了一大截……

不是我把它搞成那样的。我没那么狠。也非是别的活物。除了它和几条鱼，我家再没养别的。我家在三楼，阳台是封闭的，而且较干净，既不会有猫侵入，更不可能有老鼠骚扰。而且，它养在水里，又有一对大钳子，猫和老鼠就是存心伤害它，也不那么容易……

结论只有一个——它是自杀了？

终于忍受不了孤独了？抑或进一步分析是由于没有爱的伴侣忍受不了苦闷了？还是由于没了较量的对方虽然唯我独尊不可一世，但终于觉得活得太无聊太没劲儿太没情趣没意思了？抑或几种因素都有？……

我想象它自杀的过程大概是这样的：

先用钳子一截截剪断两条长须，然后一只只扯下螯爪，剜下眼睛，再然后用一只钳子钳断另一只，最后用剩下的钳子撑住盆底，用力压断……

不是这么一个过程，它不可能将自己搞到那么支离破碎的地步……

同样死得触目惊心，而且，近乎惨烈……

我蹲在盆边，瞧着，不禁竟有几分肃然。

想不到这凶残的东西，对自己也如此凶残……

继而想到它曾对它的两个同类的凶残行径，我本打算将它扔进垃圾桶的。但由于心内那几分肃然的微妙作用，还是很虔诚地将它"葬"在花盆里了。

我以为那是我对它的"后事"的最好的处理方式了……

过后我忆起了刘心武在一篇散文中的话——"人生一世，亲情、友情、爱情三者缺一即为遗憾；三者缺二，实为可怜；三者皆缺，活而如亡！"

至少，它本是足以有亲情，有友情的。可它残害了它的两个同类的同时，也彻底丧失了亲情和友情。对一切有生命的东西而言，不可一世不共戴天的孤独，尤其是以残害同类的方式自己造成孤独，都将是一种惩罚吧？

它的自杀也还有忏悔的意识使然么？这么低等的东西？

谁晓得呢……

关于蚁的杂感

清晨,我在家居附近的小公园里散步,见一个孩子驻足于我前边,呆呆地瞪着铺石路面。

我走到孩子身旁,也不禁好奇地看他所看——是一片树叶在"自行"移动。方向明确,显然"打算"横过石路。

一片叶子当然是不会"自行"移动的,下面肯定有虫无疑。

我最先想到的是条毛虫。我应算是个胆大的人,几次于近在咫尺的情况下遭遇过蛇,并不惊慌失措。当知青时,有次在河里游泳,潜游了一会儿,钻出水面换气,猝见一条婴儿手腕粗细、一米多长的蛇,正昂着头朝我游来。三角形的头证明它是一条毒蛇。我当机立断,赶紧又潜入水中,在水下与蛇相错而过。因为常识告诉我,蛇是不会潜游的。还有一次,我带着一个班的女知青背马草,跟随我后的姑娘忽发尖叫——她看见用绳子勒在我背上的马草捆中,有半截蛇身垂下来,扭曲甩动不已。它的上半截被绳子勒在马草中了,尾梢竟甩到了我的胯前……那我也只不过镇定地从背上解下马草捆,用镰刀砍死它罢了。

然而一条小小的毛虫或青肉虫,却往往会令我浑身一悚。有次我在家里的阳台上给花浇水,一边自言自语,奇怪哪儿来的虫将花叶吃得残缺不全。小阿姨走到阳台上看了一眼,指着花枝说:"叔叔,你眼睛不管事儿了?那不是一条大青虫吗?"我这才发现我以为的花枝,原来是一条呈"弓"形伪装在花株上的丑陋东西。我竟吓得水杯掉在地上,一口水呛入胸间,进而面色苍白,心跳剧烈,出了两手冷汗。并且,连夜噩梦,梦见家中这儿那儿,到处都是那种令我恐惧的青肉虫……

所以,当看到路上的树叶移动而近,我不由得连退两步。

我对那孩子说:"快,踩!下边准是条毛虫子!"

孩子高抬一只脚,狠狠地踏了下去。

树叶停止了移动。然而,在我和孩子的瞪视下,片刻却又开始前进了!

孩子害怕了,叫一声"妈呀",转身拔腿就跑。

在树叶被踩过的地方,铺路方砖上,留下了五六只或伤或亡的蚂蚁。

我不禁因我的判断失误顿感罪过。在那片不足半个信封大小的杨树叶下,究竟排列着多少只蚂蚁呢?十几只还是二十几只？孩子的脚刚才对于它们造成的突然而巨大的不可抗力，为什么竟没使活着的它们舍弃背负着的那片叶子四面逃窜？

我产生了一种企图赎罪的心理，驻足路旁，替那片继续向前移动的叶子担当"卫兵"，提醒过往行人勿踩踏了它。

于是，那片叶子又吸引了几个人驻足观看——忽然，叶子不再向前移动了，五六只蚂蚁从下面钻出，以很快的速度回到叶子被踏的地方，拖拽那几只或死或伤的同伴，并跟头把式地想方设法将它们"弄"到叶子上面。这一种堪称壮烈的情形，使人联想到战争或灾难境况中，人对人的扶伤挽残，生死与共……

难道，它们在叶子下面开过一次短短的"会议"吗？在叶子停止向前移动的那片刻？

是否，在它们想来，它们那几只在不可抗力下伤亡了的同伴，竟意味着是"殉职烈士"和"因公伤残"呢？

毫无疑问，需要那一片叶子的，并不首先是叶子下面的蚂蚁，而是它们所属于的蚁族。它们也定是些工蚁，在为自己的蚁族搬运那一片叶子……

蚁这种小小的生命是没有思维能力的，它们的一切行为，无论多么令我们人类惊诧甚至感动，其实都只不过是本能。故我们人类将仅靠本能生存着的生命，统称为低级生命，尤其将蚁们这一类小生命轻蔑地都叫作"虫"。但某一种本能体现在蚁这一类小"虫"们身上，却又是多么可敬呀！

那片叶子又开始向前移动了。现在，搬运它的蚁们的数量减少了，它的重量却增加了——因为它同时也意味着是"担架"了，但叶子向前移动的速度竟反而加快了。相对于蚁，那片叶子是巨大的，将它下面的蚁们全都覆盖住了，我看不到它们齐心协力的情形，却能想象得到它们一只只会是多么勇往直前。在它们遭到了一次自天而降的不可抗力的袭击之后，在它们的本能告诉它们，同样的袭击随时会再次发生之前，它们仍能那么地执着于一事，而且是必得竭尽全力的一事——这一点令我心大为肃然。

那片叶子终于横穿过石路，移动向路那一边的树林中去了……

我和几个观看的人，相互笑笑，也就各自无言地散去。

我不知那一处蚁穴究竟在多远的地方，那些蚁们还会有怎样的遭遇，但有一点是肯定的，这片叶子终将被搬运到蚁穴里去，即使搬运它的那些蚁们全都死了，死在最后的一只，也会向它的同伴们发出信号，于是会有更多的蚁们赶来，继续完成它们未完成之事。而且，并不弃了它们的尸体不管。

那片叶子对于某一族蚁很重要吗？为搬运它而死而伤的蚁们，对于其族的利益而言，是否也算死得其所，伤得其所呢？

回到家里，我头脑中关于蚁们的一些想法，竟怎么也挥之不去了。

我记起马克·吐温曾写过一篇短文，对蚂蚁大加嘲讽——一只蚂蚁对付着一块比它大得多的骨头渣翻上钻下，煞费苦心地企图将骨头渣弄到蚂蚁窝里去。马克·吐温据此得出结论认为蚂蚁是贪婪的。

而我却一向认为蚂蚁是最不贪婪的。

我认为人才是地球上最贪婪的动物。与虫、鸟、兽们的占有本能相比,人的贪婪往往匪夷所思。

猛兽仅一次捕杀一只食草类动物维生,而人,只要有机会,就会大开杀戒,恨不得能将视野内的动物群体一次次捕杀绝种,为的是最大量地占有它们的皮毛、肉和骨。

猛禽的捕杀行为仅仅是为了生存。

在人脑的发达程度才比动物高一点的时候,人的捕杀行为也仅仅是为了生存。后来人的大脑特别发达了,人的许多方面的占有欲望也就更加难以填平和满足了。

"微软帝国"的发展理念,说到底只不过是八个字——胜者通吃,无限占有。

还说蚁,无论它对付一块骨头渣的情形多么可笑,前提却是一点儿也不可笑的,不是受自己的欲望驱使,而是为了族的生存需要。

一只蚂蚁永远不会将某种它觉得好吃的东西带到仅有它自己知道的地方藏匿起来,以便长久独享。它发现了好吃的东西,会立刻传送信号,"通告"它的同伴都来享受。

"各尽所能"是人类畅想的理想社会的原则之一,而千万年来,蚁类们一向是这样生存着的。工蚁们奉行任劳任怨的传统;兵蚁们则时时准备为捍卫族的安全奋勇迎敌,前仆后继，战死"疆场"。

"按需所取"也是人类畅想的理想社会的原则之一。试想，人类的财富得积聚到什么样的程度，才禁得住全体人类"按需"一取啊！

而在蚁的社会里，千万年来，它们一直是"按需所取"的。在蚁穴里，共同拥有的食物绝不会派兵蚁看守，也没有一只蚁会盗自己的"粮库"。

是的，千万年来，蚁的社会里，从没有过"内贼"，也从没有过贪占现象。

蚁的社会，是典型的理想社会。

蚁的社会，却并不因而产生"懒汉"。

蚁的本能中没有丑恶的一面；而人性的丑恶面，却往往是连人类自己都觉得恐怖的。

然而，无论我多么赞美蚁和蚁的社会，有一点也是肯定的，即使我有一百次生命，我也不打算用哪一次轮回为一只蚁，在蚁的社会里体会没有丑恶的生存秩序的美好——非因蚁只不过是小小的"虫"，而因蚁的社会里没有爱。

我还愿用五十次生命仍做人，活在尽管有许多丑陋及丑恶但同时有种种爱的机会的人类社会。我留恋人类社会的首先一点，并不是因为别的诱惑，而是因为只有体现在人类身上才丰富多彩的爱的机会……

余下的五十次生命，我祈祷上天使我能以二十次生命做天鹅；十次生命变作野马；十次生命变作北极犬；还有十次生命，就一次次都变作松鼠吧！

我喜欢松鼠生存方式的活泼和样子的可爱。

我也挺羡慕蝶活得美，但一想到那美要先是毛虫才能实现，就不愿列入生命的选择了……

但我哪儿还会有那么多次生命呢？连这唯一的一次，也快耗尽了呀……

关于蜂的杂感

在我们这个五十多亿人的地球上,我想,大约没谁会对蜜蜂不带好感吧?

蜜蜂为人类提供的利益,真可以说是妇孺皆知。但凡算是一个商店,只要它经营十种以上的食品,那么人大抵是可以从中买到蜂蜜的。即使竟买不到蜂蜜,有一点也是肯定的——它所经营的十种以上的食品,至少其中一种必包含有蜂蜜的成分。

蜂蜜这一成分还几乎被普遍地加工到药品中去。

所有不健康的和所有希望自己健康起来的人,无论大人还是儿童,首选的保健食品往往是蜂蜜,或是由蜂蜜所提炼。

蜂王浆对人体的好处更是不消说的。

十之七八的护肤养颜品中也都包含有蜂蜜的成分。

有时人细想一想,简直会觉得不可思议——全世界有五十亿人口啊,而蜂儿又是多么小的东西呀!它采蜜的方式只不过是靠腿上纤细得需用放大镜才看得清的毫毛从花心中黏带。百只蜜蜂如此这般地辛勤劳作百次以上,大概还采集不够一克的蜜吧?而如果五十亿人口中哪怕每天只有五百分之一的人服用一点点蜜,那也是对一千万人的供给啊!

这究竟需要多少蜜蜂每天在采集不止呢?

小小的蜂儿还直接解决了多少人的生计问题啊!依赖于它们而全家生计有指靠的,首先当是那些养蜂人。小小的蜂儿是养蜂人不计报酬的"雇工",它的工作态度根本无须监督,也无须用奖赏来鼓励或刺激,更无须靠惩罚制裁,因为几千万年以来,还没有过一只蜜蜂是懒惰的。

小小的蜂儿便是养蜂人的"牛""马"和"鱼鹰"。

农夫和车脚夫有时不得不用鞭子抽他们的牛和马;渔夫必得用绳子勒住鱼鹰的脖子,以防止它将叼到嘴里的鱼先吞入腹中。而蜂的早出晚归,却是根本不需要吆喝的,养蜂人只要将自己的蜂箱照看好就算不失其职了。

我家对面的小花园里,每年的春季起,都会照例支起养蜂人的帐篷。那是一对父子。我搬到那条街上住时,独生子是少年。如今那儿子已是青年了,他的父亲老了,他已接过了他父亲的班,成为一个有经验的养蜂人了。我和他聊过。他父亲靠养十几箱蜂为他娶了媳妇成了家。他说,他要靠养蜂供他的儿子上大学。他自信那是他完全可以做到的。

我当然是一个对蜂这种小东西怀有极大敬意的人。

我对蜂的敬意甚至超过我对蚁的敬意。

因为,蚁毕竟也有讨厌的方面。当它对我们的生活构成蚁害,则我们就不得不用药消灭它们,像消灭蟑螂和蚊蝇一样。而且,蚁还经常到很脏的地方钻进钻出,这是不由人不讨厌的。

但蜂儿却一向本能地往清洁的、环境优美的、有芬芳气息的地方飞。蜂儿是极讲卫生的小东西。

我对蜂的敬意,不仅因为以上几点,还因为蜂的"和平主义"。

蜂是携带武器的小东西。它的武器便是它的刺,犹如古代的弩,犹如现代的枪。但那又是怎样的一种"弩"和"枪"呀,它的"弩弓"上只有一支"箭矢",它的"枪膛"中仅有一颗"子弹"。这一点决定了它们根本不可能也根本不愿意进行主动的攻击。

这一点让我想起苏联的一部电影《柯楚别依》,片名用的是一位苏联国内革命战争时期红色英雄的名字。他是夏伯阳式具有传奇色彩的英雄。伏龙芝元帅曾赠他一柄战刀,战刀上刻着伏龙芝对他的一句教导:"没有必要不拔;不立战功不插。"

蜂儿的"和平主义"便体现在"没有必要不拔"这一点上。

蜂儿是敏感的小东西,它们的家园意识特别强,它们的"武器"从不用来进攻,而是用来保卫家园。由于它们特别敏感，又特别洁身自好，所以它们最难容忍人或别的动物滋扰它们的家园。倘家园受到滋扰，它们必然会群起而攻之。

但它们那一种自卫性的最初的攻击，只不过表现为一种威慑，目的仅仅是为了驱赶。如果敌人在它们的警告之下并不退缩，确乎对它们的家园构成了侵犯，那么它们也就只有被迫实战了。而结果呢，不管侵犯者是人或熊，没有不惊慌逃窜的。

胜利往往注定了在小小的蜂儿这一方面。

"不立战功不插"这一句话，用来形容蜂儿们也同样是非常恰当的。

蜂儿这一种不战则已、战则必胜的气概，往往也被人类加以利用。正如古代中国人曾利用牛群布下过势不可挡的火牛阵，古印度人曾利用受过训的狮、虎、豹充当先头部队一样，在美国对越南发动的侵略战争中，越南军民也曾利用野蜂使美方的正规部队溃不成军……

但是蜂的胜利，一向是以自己的生命换取的。当然，人类在战争中的胜利，其代价也是人的伤亡。然而情况还是那么不同，因为相对于蜂儿，它对敌人的攻击，乃是一生中唯一的一次攻击，它根本不可能进行第二次，之后，它就必死无疑。而它的攻击，对敌人却一般不会是致命的（某种毒蜂除外），甚至是小小不言的。比如它对人的攻击，涂儿滴药水儿就解疼消肿了。没有药水，涂点儿牙膏或肥皂水，也行了。

"没有必要不拔；不立战功不插"两句话，体现在蜂儿们身上，是悲壮的，是惨烈的。

它们以自己的死来实践那两句话。

一只蜂儿，用它唯一的一支"箭"，或一颗"子弹"，进行了勇敢无畏的战斗，之后不一会儿，它便掉在地上死了。

这意味着些什么呢？

这意味着它们不惜以死诠释它们的和平理念及战争理念。包含有这样的几层宣言性的自白：

我的装备只够进行一次性的自卫，这足以证明我是多么主张和平……

我不会置你于死地，因为我的本性是温和的……

但我也是勇敢无畏的，我愿以我的死使你清楚一个事实——蜂的家园是不可以无端侵犯的。

你侵犯了我，你只不过受了点轻伤；我实行自卫，而我死了。我对某些我所厌恶之事即使参加了一次，即使是被迫的，我也还是耻于再活下去了——战争对我便是那样的事……

真的，在地球上，在包括人的所有生命中，还有别的什么能够做到像小小的蜂儿这样呢？

"己所不欲，勿施于人。"——这一点蜂儿是做到了。

"己所不欲，宁死而不二。"——这一点，蜂儿也做到了。

而对大多数人来说，是不太容易做到的。

所以，倘一个人被蜂蜇了，我的同情，一般并不在人这一边，而在蜂儿那一边，因为人被蜇一下只不过疼片刻，最多几时，而一只蜜蜂蜇了人，它接着就只有死了。

何况，人被蜇，必首先是人不对的结果。

我是孩子时，曾和别人做过这样的事——将背心或薄布的衣服用唾沫弄湿一小片，然后逮蜜蜂。逮着了，就用指尖儿捏住它们的翅，迫它们蜇背心或衣服湿了的地方，它们蜇过后，刺便被"吸"在上面了。我们比赛看谁从蜂们身上"缴获"的"武器"多……

长大后，知道了我们儿时那样的恶作剧，实际上对蜂是杀害行径，便非常后悔。

在我们这个地球上，蜂的社会形态和生命意义，是理想化的具有诗性的啊……

倘我为马

成了作家,我在自己智力所及的前提之下,多少领略到了一些自由想象的快乐。

马的一生像人的一生,也有着命运的区别。

军马的一生豪迈荣誉,赛马的一生争强好胜,野马的一生自由奔放,而役马一生如牛,注定了辛劳到死。

法国启蒙运动时期的卓越作家布封,写过大量动物素描的散文,其中著名的一篇就是《马》。

布封这篇散文简直可以说精美得空前绝后,因为对于马,我想,不可能有第二个人比布封写得更好。

布封认为,"在所有动物中,马是身材高大而身体各部分又都配合得最匀称、最优美的"。

我也这么认为。

我觉得马堪称一切动物中的模特。

布封是那么热情地赞美野马。

他写道:"它们行走着,它们奔驰着,它们腾跃着,既不受拘束,又没有节制;它们因不受羁勒而感觉自豪,它们避免和人打照面;它们不屑于受人照料,在无垠的草原上自由地生存……所以它们远比大多数家马强壮、轻捷和有劲;它们有大自然赋予的美质,也就是说,有充沛的精力和高贵的精神……"

是的,如果在对生命形式进行选择时,我竟不幸没了做人的资格,那么我将恳求造物主赐我为一匹野马。

成了作家,我在自己智力所及的前提之下,多少领略到了一些自由想象的快乐。

但我对于自由思想的权利的渴望,尤其是对公开表达我的思想的权利的渴望,也是何等之强烈啊!

想象的自由和思想的自由是不一样的。

美国电影《侏罗纪公园》是自由想象的成果,苏联小说《日瓦戈医生》是自由思想的作品,前者赚取着金钱,后者付出了代价。

如果我的渴望真的是奢侈的,那么——就让我变一匹野马,在行动上去追求更大的自由吧!

我知道是野马就难免会被狮子捕食了。

在我享受了野马那一种自由之后,我认野马不幸落入狮口那一种命。

做不成野马,做战马也行。

因为在战场上,战马和战士的关系,使人和动物的关系上升到了一种几乎完全平等的程度。一切动物中,只有战马能做到这一点。它和人一样出生入死,表现出丝毫也不逊于人的勇敢无畏的牺牲精神。"不会说话的战友"——除了战马,没有另外的任何动物,能使人以"战友"相视。人对动物,再也没有如此之高的评价。当然,军犬也被人视为"战友"。猎人对猎犬也很依赖。但军犬何曾经历过战马所经历的那一种枪林弹雨炮火硝烟?再大的狩猎场面,又岂能与大战役那一种排山倒海般的悲壮相提并论?

不能如野马般自由地生,何妨像战马似的豪迈地死!

大战前,几乎每一名战士都会情不自禁地对他的战马喃喃自语,述说些彼此肝胆相照的话。战马那时昂头而立的姿态是那么高贵,它和人面对面地注视着,眼睛闪烁,目光激动又坦率。

它仿佛在用它的目光说:人,你完全可以信任我,并应该像信任你自己一样。

在古今中外的战场上,战马舍生救战士的事多多。战士落难,往往还要杀了战马,饮它的血,食它的肉。

人善于分析人的心理,但目前还没有一篇文字,记录过战马将要被无奈的战士所杀前的心理。

连布封也没写到过。

倘我为战马,倘我也落此下场,倘我后来又有幸轮回为人，我一定将这一点当成我的文学使命写出来……

我相信战马那时是无怨无悔的。虽然，我同时相信，战马也会像人一样感到命运安排的无限悲怆。

倘我为战马，我也会凝视着战士向我举起的枪口，或刺向我颈脉的尖刀，宽宏又镇定。

因为战斗或战役的胜利，最后要靠战士，而不能指望战马。因为那胜利，乃战士和战马共同的任务。因为既是战马，它的眼一定见惯了战士的前仆后继，肝脑涂地，惨伤壮死。

战士已然如此，战马何惧死哉？

在内蒙古电影制片厂优秀导演赛夫的一部电影中，有一段三四分钟之久的长镜头，将几名骑者策马驰骋在草原上的身姿拍摄得令人赞叹不已——

夕阳如血，草原广袤而静谧。斯时人马浑然一体。马在草原上鹰似的飞翔，人在鞍上蝶似的翻转。人仿佛是马的一部分；马也仿佛是人的一部分。人马合二为一，协调着无比优美的律动，仿佛天生便是两种搭配在一起的生命。

我觉得那堪称中国电影史上关于人和马的最经典的镜头。

战马的生命与战士的生命，既达到过那么密不可分的境界，既相互地完全属于过，战马倘为战士而死，死得其所也！死无憾也！

车辚辚，马萧萧，行人弓箭各在腰。

爷娘妻子走相送，尘埃不见咸阳桥……

无论何时，吟杜工部的《兵车行》，常不禁悲泪潸潸。

既为男儿,亦为战马。

战斗结束,若战士荣归,战马生还,战士总会对战马表示一番友爱。

战马此时的神态是相当矜持的。它不会因而得意忘形。不会犬似的摇尾巴。它对夸奖历来能保持高贵的淡然。

这是我尤敬战马的一点。

倘做不成战马,做役马也行。

布封对役马颇多同情的贬义。

他在文中写道:"它的教育以丧失自由而开始,以接受束缚告终;它被奴役和驯养得已太普遍、太悠久,以至于我们看见它们时,很少是处在自由状态中;它们在劳动中经常是披着鞍辔的;它们总是带着奴役的标志,并且还带着劳动与痛苦所给予的残酷痕迹——嘴巴被衔铁勒出的皱纹使嘴变了形,腹部留下着被马腹带磨光了毛的深痕,蹄子也都被铁钉洞穿了……"

但某些人身上,不是也曾留下了劳动者的标志么?手上的老茧,肩上的死肉疙瘩,等等。

只要那劳动对世界是有益无害的,我不拒绝劳动;只要我力所能及,我愿承担起繁重的劳动;只要我劳动时人不在我头顶上挥鞭子,我不会觉得劳动对一匹役马来说是什么惩罚……

正如我不情愿做宠犬,我绝不做那样的一类马——"就是那些在奴役状况之下看似自我感觉最良好的马,那些只为着人摆阔绰、壮观瞻而喂着的马，供奉着的马，那些为着满足主人的虚荣而戴上金银饰物的马。它们额上覆着妍丽的一撮毛，颈鬃编成了细辫，满身盖着丝绸和锦毡。这一切之侮辱马性，较之它们脚下的铁蹄还有过之无不及。"

是的，纵然我为马，我也还是要求一些马性的尊严的。故我宁肯充当役马，也绝不做以上那一种似乎很神气的马。因为我知道，役马还起码可以部分地保留自己的一点儿脾气。以上那一种马，却连一点儿脾气都不敢有。人宠它，是以它应绝对地没有脾气为前提的……

我也不做赛马。

我不喜欢参与竞争，不喜欢对抗式的活动，这也许正是我几乎不看任何体育赛事的主要原因……

马是从不互相攻击互相伤害的动物，它们从来不发生追踏一只小兽或向同类劫夺一点儿东西的事件。

马群是最和平相处的动物群体。即使在发情期，两匹公马之间，也不至于为争夺配偶而势不两立你死我活。我们都知道的，那样的恶斗，甚至在似乎气质高贵的公鹿之间和似乎温良恭让的公野羊之间，也是司空见惯的。

倘我为马，我愿模范地遵守马作为马的种种原则。

我将恪守马性的尊严。

而我最不愿变成的，是希腊神话传说中的人马——要么是人；要么是马；要么什么也不是，请上苍干脆没收了我轮回的资格！……

辑三

人生和它的意义

人生和它的意义

如果一个人只从纯粹自我一方面的感受去追求所谓人生的意义，并且以为唯有这样才会获得最多最大的意义，那么他或她到头来一定所得极少。

确实，我曾多次被问到——"人生有什么意义？"往往，"人生"之后还要加上"究竟"二字。

迄今为止，世上出版过许许多多解答许许多多问题的书籍，证明一直有许许多多的人思考着许许多多的问题。依我想来，在同样许许多多的"世界之最"中，"人生有什么意义"这一个问题，肯定是人的头脑中所产生的最古老、最难以简要回答明白的一个问题吧？而如此这般的一个问题，又简直可以算得上是一个"哥德巴赫猜想"或"相对论"一类的经典问题吧？

动物只有感觉；而人有感受。

动物只有思维；而人有思想。

动物的思维只局限于"现在时"，而人的思想往往由"现在时"推测向"将来时"。

我想，"人生有什么意义"这一个问题，从本质上说，是从"现在时"出发对"将来时"的一种叩问，是对自身命运的一种叩问。世界上只有人关心自身的命运问题。"命运"一词，意味着将来怎样，它绝不是一个仅仅反映"现在时"的词。

"人生有什么意义"这一个问题既与人的思想活动有关，那么我们一查人类的思想史便会发现，原来人类早在几千年以前就希望自我解答"人生有什么意义"的问题了。古今中外，解答可谓千般百种，形形色色。似乎关于这一问题，早已无须再问，也早已无须再答了。可许许多多活在"现在时"的人却还是要一问再问，仿佛根本不曾被问过，也根本不管有谁解答过。

确实，我回答过这一问题。

每次的回答都不尽相同，每次的回答自己都不满意，有时听了的人似乎还挺满意，但是我十分清楚，最迟第二天他们又会不满意。

因为我自己也时常困惑，时常迷惘，时常怀疑，并时常觉出看自己人生的索然。

我想，"人生有什么意义"这一个问题，最初肯定源于人的头脑中的恐惧意识。人一次又一次地目睹从植物到动物甚而到无生命之物的由生到灭由坚到损由盛到衰由有到无，于是心生出惆怅；人一次又一次地眼见同类种种的死亡情形和与亲爱之人的生离死别，于是心生出生命无常人生苦短的感伤以及对死的本能恐惧——于是"人生有什么意义"的沮丧油然产生。在古代，这体现于一种对于生命脆弱性的恐惧。"老汉活到六十八，好比路旁草一棵；过了今年秋八月，不知来年活不活。"从前，人活七十古来稀，旧戏唱本中老生们类似的念白，最能道出人的无奈之感。而古希腊的哲学家们，亦有认为人生"不过是场梦幻，生命不过是一茎芦苇"的悲观思想。

然而现代了的人类，已有较强的能力掌控生命的天然寿数了，并已有较高的理性接受生死之规律了。现代了的人类却仍往往会叩问"人生的意义"何在，归根结底还是缘于一种恐惧。这是不同于古人的一种恐惧。这是对所谓"人生质量"尝试过最初的追求而又屡遭挫折，于是竟以为终生无法实现的一种恐惧。这是几乎就要屈服于所谓"厄运"的摆布而打算听天由命时的一种恐惧。这种恐惧之中包含着理由难以获得公认而又程度很大的抱怨。是的，事情往往是这样，当谁长期不能摆脱"人生有什么意义"的纠缠时，谁也就往往真的会屈服于所谓"厄运"的摆布了；也就往往会真的听天由命了；也就往往会对人生持消极到了极点的态度。而那种情况之下，人生在谁那儿，也就往往会由"有什么意义"

的疑惑，快速变成了"没有意义"的结论。

对于马，民间有种经验是——"立则好医，卧则难救。"那意思是指——马连睡觉都习惯于站着，只要它自己不放弃生存的本能意识，它总是会忍受着病痛之身顽强地站立着不肯卧倒下去；而它一旦竟病得卧倒了，证明它确实已病得不轻，也同时证明它本身生存的本能意识已被病痛大大地削弱了。而没有它本身生存本能意识的配合，良医良药也是难以治得好它的病的。所以兽医和马的主人，见马病得卧倒了，治好它的信心往往大受影响。他们要做的第一件事，又往往是用布托、绳索、带子兜住马腹，将马吊得站立起来，如同武打片中吊起那些飞檐走壁的演员们那一种做法。为什么呢？给马以信心。使马明白，它还没病到根本站立不住的地步。靠了那一种做法，真的会使马明白什么吧！我相信是能的。因为我下乡时多次亲眼看到，病马一旦靠了那一种做法站立着了，它的双眼竟往往会一下子晶亮了起来。它往往会咴咴嘶叫起来。听来那确乎有些激动的意味，有些又开始自信了的意味。

一般而言，儿童和少年不太会问"人生有什么意义"的话，他们倒是很相信人生总归是有些意义的，专等他们长大了去体会。厄运反而不容易一下子将他们从心理上压垮。因为父母和一切爱他们的人，往往会在他们不完全知情时，就默默替他们分担和承受了。老年人也不太会问"人生有什么意义"的话。问谁呢？对晚辈怎么问得出口呢？哪怕忍辱负重了一生，老年人也不太会问谁那么一句话。信佛的，只偶尔独自一个人在内心里默默地问佛。并不希冀解答，仅仅是委屈和抱怨的一种倾诉而已。他们相信即使那么问了，佛品出了抱怨的意味，也是不会责怪他们的。反而，会理解他们，体恤他们。中年人是每每会问"人生有什么意义"的。相互问一句，或自说自话问自己一句。相互问时，回答显得多余，一切都似乎不言自明，于是相互获得某种心理的支持和安慰。自说自话问自己时，其实自己是完全知道着一种意义的。

上有老下有小的人生，对于大多数中年人都是有压力的人生。那压力常常使他们对人生的意义保持格外的清醒。人生的意义在他们那儿是有着另一种解释的——责任。

是的，责任即意义。是的，责任几乎成了大多数是寻常百姓的中年人之人生的最大意义。对上一辈的责任、对儿女的责任、对家庭的责任，总而言之，是子女又为子女，是父母又为父母，是兄弟姐妹又为兄弟姐妹的林林总总的责任和义务，使他们必得对单位对职业也具有铭记在心的责任和义务。

在岗位和职业竞争空前激烈的今天，后一种责任和义务，是尽到前几种责任和义务的保障。这一点不须任何人提醒和教诲，中年人一向明白得很，清楚得很。中年人问或者仅仅在内心里寻思"人生有什么意义"时，事实上往往等于是在重温他们的责任课程，而不是真的有所怀疑。人只有到了中年时，才恍然大悟，原来从小盼着快快长大好好地追求和体会一番的人生的意义，除了种种的责任和义务，留给自己的，即纯粹属于自己的另外的人生的意义,实在是并不太多了。他们老了以后,甚至会继续以所尽之责任和义务尽得究竟怎样,来掂量自己的人生意义。"究竟"二字,在他们那儿,也另有标准和尺度。中年人,尤其是寻常百姓的中年人,尤其是中国之寻常百姓的中年人,其"人生的意义",至今,如此而已,凡此而已。

"人生有什么意义"这一句话,在某些青年那儿,特别在是独生子女的小青年们那儿问出口时,含义与大多数是他们父母的中年人是很不相同的。其含义往往是——如果我不能这样;如果我不能那样;如果我实际的人生并不像我希望的那样;如果我希望的生活并不能服务于我的人生;如果我不快乐;如果我不满足;如果我爱的人却不爱我;如果爱我的人又爱上了别人;如果我奋斗了却以失败告终;如果我大大地付出了竟没有获得丰厚的回报;如果我忍辱负重了一番却仍竹篮打水一场空;如果……如果……那么人生对于我究竟还有什么意义?

他们哪里知道呵,对于他们的是中年人的父母,尤其是寻常百姓的中年人的父母,他们往往即是父母之人生的首要的、最大的、有时几乎是全部的意义。他们若是这样的,他们是父母之人生的意义;他们若是那样的,他们是父母之人生的意义;换言之,不论他们是怎样的,他们都是父母之人生的意义;而当他们倍觉人生没有意义时,他们还是父母之人生的意义;若他们奋斗成为所谓"成功者"了,他们的父母之人生的意义，于是似乎得到一种明证了；而他们若一生平凡着呢？尽管他们一生平凡着，他们仍是父母之人生的意义。普天下之中年人，很少像青年人一样，因了儿女之人生的平凡，而倍感自己们之人生的没意义。恰恰相反，他们越平凡，他们的平凡的父母，所意识到的责任便往往越大、越多……

由此我们得到一种结论，所谓"人生的意义"，它一向至少是由三部分组成的：一部分是纯粹自我的感受；一部分是爱自己和被自己所爱的人的感受；还有一部分是社会和更多有时甚至是千千万万别人的感受。

当一个青年听到一个他渴望娶其为妻的姑娘说"我愿意"时，他由此顿觉人生饱满着一切意义了，那么这是纯粹自我的感受。

"世上只有妈妈好，有妈的孩子像个宝。"——这两句歌词，其实唱出的更是作为母亲的女人的一种人生意义。也许她自己的人生是充满苦涩的，但其绝对不可低估的人生之意义，宝贵地体现在她的孩子身上了。

爱迪生之人生的意义，体现在享受电灯、电话等发明成果的全世界人身上；林肯之人生的意义，体现在当时美国获得解放的黑奴们身上；曼德拉的人生意义体现于南非这个国家了；而俄罗斯人民，一定会将普京之人生的意义，大书特书在他们的历史上……

如果一个人只从纯粹自我一方面的感受去追求所谓人生

的意义,并且以为唯有这样才会获得最多最大的意义,那么他或她到头来一定所得极少。最多,也仅能得到三分之一罢了。但倘若一个人的人生在纯粹自我方面的意义缺少甚多,尽管其人生作为的性质是很崇高的,那么在获得尊敬的同时,必然也引起同情。

权力、财富、地位、高贵得无与伦比的生活方式,其中任何一种都不能单一地构成人生的意义。即使合并起来加于一身,对于人生之意义而言,也还是嫌少。

这就是为什么戴安娜王妃活得不像我们常人以为的那般幸福的原因。贫穷、平凡、没有机会受到高等教育、终生从事收入低微的职业,其中任何一种都不能单一地造成对人生意义的彻底抵消,即使合并起来也还是不能。因为哪怕命运从一个人身上夺走了人生的意义,却难以完全夺走另外一部分,就是体现在爱我们也被我们所爱的人身上的那一部分。哪怕仅仅是相依为命的爱人,或一个失去了我们就会感到悲伤万分的孩子……

而这一种人生之意义,即使卑微,对于爱我们也被我们所爱的人而言,可谓大矣!人生一切其他的意义,往往是在这一种最基本的意义上生长出来的。好比甘蔗是由它自身的某一小段生长出来的……

"手帕人生"上的小人儿

对于人生,早已有了许多种比喻。

我想,人生也是可以比作一块画布的。有人的一生如巨幅的画布,其上所展现的情形波澜壮阔,气象万千。有人的一生充满了泼墨式的、大写意式的浪漫,或充满了起伏跌宕的戏剧性。看他们的人生画布,好比看连环画。

但大多数人的人生画布是小幅的。我的人生画布就属于大多数人中的一例。我曾与朋友们戏称之为"手帕人生"。是的,我也就是在这么大的尺寸中,以写实的,有时甚至是以工笔的画法,相当认真地一层层涂抹我的寻常人生。我的人生画布上太缺乏浪漫色彩,更没什么戏剧性,内容简明甚是单调。我的童年和少年,其实也就根本不怎么值得回忆,更不值得写出来供人看。

又，我觉得，童年是人生画布的底色。底色上即使勾勒出了影影绰绰的人形，却往往属于"点彩"派、"印象"派的那一种。远看或还辨得清轮廓，近看则就与底色模糊成一片了。毕竟，那轮廓的边缘，与底色融得太平贴，并不能从底色上凸现出来……

我觉得，少年是人生画布上关于人的首次白描。此时画布上一个少年的眉目略清。他的表情已能默默无言地预示着他未来的性情和品格。甚至，已有几分先天性的因素含蓄在他的眼里，预示着他未来的命运了……

分析我们大多数人之人生的画布，皆证明着这么一种较普遍的现象。

我的童年和少年，在我人生的画布上，尤其符合此一种普遍性。那"手帕"上的小人儿有我今天的影子。

我自己这么认为……

做竹须空，做人须直

"人生"对我是个很沉重的话题。

第五次文代会我因身体不好迟去报到了两天，会上几次打电话到厂里催我，还封了我一个"副团长"。

那天天黑得异常早，极冷，风也大。

出厂门前，我在收发室逗留了一会儿，发现了寄给我的两封信。一封是弟弟写来的，一封是哥哥写来的。我一看落款是"哈尔滨精神病院"，一看那秀丽的笔画搭配得很漂亮的笔体，便知是哥哥写来的。我已近十五六年没见过哥哥的面了，已近十五六年没见过哥哥的笔体了，当时那一种心情真是言语难以表述。这两封信我都没敢拆，我有某种沉重的预感。看那两封信，我当时的心理准备不足。信带到了会上，隔一天我才鼓起勇气看。弟弟的信告诉我，老父亲老母亲都病了。他们想我，也因《无冕皇帝》的风波为我这难尽孝心的儿子深感不安。哥哥的信词句凄楚之极——他在精神病院看了根据我的小说《父亲》改编的电视剧,显然情绪受了极大的刺激,有两句话使我整个儿的心战栗——"我知我有罪孽,给家庭造成了不幸。如果可能,我宁愿割我的肉偿还家人!""我想家,可我的家在哪啊?谁来救救我?哪怕让我再过上几天正常人的生活就死也行啊!"

我对坐在身旁的影协书记张青同志悄语,请她单独主持下午会议发言,便匆匆离开了会场。一回到房间,我恨不得大哭,恨不得大喊,恨不得用头撞墙!我头脑中一片空白,眼泪默默地流。几次闯入洗澡间,想用冷水冲冲头,进去了却又不知自己想干什么……我只反复地在心里对自己说两个字:房子、房子、房子……

母亲已经七十二岁,父亲已经七十八岁。他们省吃俭用,含辛茹苦抚养大了我,我却半点孝心也没尽过!他们还能活在世上几天?我一定要把他们接到身边来!我要他们死也死在我身边!我要送他们,我有这个义务!我的义务都让弟弟妹妹分担了,而弟弟妹妹们的居住条件一点儿也不比我强!如果我不能在老父老母活着的时候尽一点儿孝子之心,我的灵魂将何以安宁?

哥哥是一位好哥哥,大学里的学生会主席。我与哥哥从小手足之情甚笃。我做了错事,哥哥主动代我受过。记得我小时候生过一场大病,想吃蛋糕。深更半夜,哥哥从郊区跑到市内,在一家日夜商店给我买回了半斤蛋糕!那一天还下着细雨,那一年哥也不过才十二三岁……

有些单位要调我，也答应给房子，但需等上一二年，童影的领导会前也找我谈过，也希望我到童影去起一些作用。童影的房子也很紧张，但只要我肯去，他们现调也要腾出房子来，当时我由于恋着创作，未下决心。

面对着两封信，一切的得失考虑都不存在了。

我匆匆草了一页半纸的请调书——用的就是第五次文代会的便笺。接着，我去将童影顾问于蓝同志从会上叫出，向她表明我的决心。老同志一向从品格到能力对我充满信任感，执着双手说："你做此决定，我离休也安心了！"随后我将北影新任厂长宋崇叫出，请他——其实是等于逼他在我的调请书上签了字。一开始他愣愣地瞧着我，半晌才问："晓声，你怎么了？你对我有什么误解没有？"我将两封信给他看。他看后说："我答应给你房子啊！我在全厂大小会上为你呼吁过啊！"这是真话，这位新上任的厂长对我很信任，很关心，而且是由衷的。岂止是他，全体北影艺委会都为我呼吁过。连从不轻率对任何事表态的德高望重的老导演水华同志，都在会上说过"不能放梁晓声走"的话。北影对我是极有感情的，我对北影也是极有感情的。

记得我当时对宋崇说的是："别的话都别讲了，北影的房子五月份才分，而我恨不得明天后天就将父亲母亲哥哥接来！别让我跪下来求你！"

他这才真正理解了我的心情，沉吟半晌说："你给我时间，让我考虑考虑。"

下午,他还给了我那请调报告,我见上面批的是"既然童影将我支持给了北影,我没有任何理由不将晓声支持给童影。但我的的确确很不愿放他走"。

为了房子,到童影干什么我都心甘情愿,哪怕是公务员。童影当然不是调我去当公务员,于是我现在成了童影的艺术厂长……

我已正式到童影上班两个多月了,给我的房子却还未腾出来。

我身患肝硬化,应全休,但我能刚刚调到童影就全休吗?每天上班,想不上班也得上班。中午和晚上回去迟了,上了小学的儿子进不了家门,常常在走廊里哭。

房子没住上就不担当工作吗?那也未免过分的功利了。事实上,我现在已是全部身心地投入我的那份工作,我总不能骗房子住啊!

"人生"这个话题对我来说真是沉重的,我谈这个话题如同癌症患者对人谈患癌症的症状……

我从前不知珍惜父母给予我的这血肉之躯,现在我明白这是一个大的错误。明白了之后我还是把自己"抵押"给了童影厂,现在我才了解我自己其实是很怕死的,怕死更是因为觉得遗憾。身为小说家面对这纷杂的迷乱的浮躁的时代,我认为仍有那么多可以写的能够写的值得写的。我最需要谨慎地爱惜自己的时候,亲人和朋友们善良劝告,我也只能当成是别人的一种善良而已。我的血肉之躯是父母给予我的,我以血肉之躯回报父母,我别无选择。这是无奈的事,我认可这无奈，同时牢记着家母的训导。

家母对我做人的训导是——做竹须空，做人须直。

在我的中学毕业鉴定中，写有这样的评语：该学生性格正直，富有正义感。责人宽，克己严……一九六八年，"文化大革命"第三年，我的鉴定中没有"造反精神"如何如何之类，而有这样的评语，乃是我的中学母校对我的最高评定。这所学校当年未对第二个学生做出过同样的评语。

在我离开兵团连队的鉴定中，也写有这样的评语：该同志性格正直，富有正义感，要求自己严格……

在我从复旦大学毕业的鉴定中，还写有这样的评语：性格正直，有正义感，同"四人帮"做过斗争，希望早日入党……十六位同学集体评定，连和我矛盾极深的同学，亦不得不对这样的评语点头默认……

在我离开北影的鉴定中，仍写有这样的评语：正直、正派、有正义感，对同志真诚，勇于做自我批评。

我不是演员。演员亦不可能从少年到青年到成年，二十多年表演不是自己本质的另一个人到如此成功的地步！我看重"正直、正派、真诚"这样的评语，胜过其他一切好的评语。这三点乃是我做人的至死不渝的准则。我牢牢记住了家母的训导，我对得起母亲！我尤其骄傲的是在我较长期生活和工作过的任何地方，包括一直不能同我和睦相处的人，亦不得不对我的正直亦敬亦畏。我从不阿谀奉承，从不见风使舵。仅以北影为例，我与历届文学部主任拍过桌子，"怒发冲冠"

过,横眉竖目过,但他们之中的绝大多数,如今都是我的"忘年交"。我调走得那么突然,他们对我依依不舍,惋惜我走前没入党。早在几年前,老同志们就对我说:"晓声,写入党申请书吧,趁现在我们这些了解你的人还在,你应该入党啊!你这样的年轻人入党,我们举双手!有一天我们离休了,只怕难有人再像我们这么信任你了!"党内的同志们,甚至要在我走前,召开支部会议,"突击"发展我入党,是我阻止了。连刚刚到北影不久的厂长宋崇,对此也深有感慨。

我愿正直、正派、真诚、正义这些评语,伴我终生。人能活到这样,才算不枉活着!

人在今天仍能获得这些,当然也是一种幸福!所以我又有理由说,我活得还挺幸福。

最主要的,我自己认为是最主要的,我已并不惭愧地得到了,其他便是次要的、无足轻重的。

我对自己的做人极满意。

我是不会变的,真变了的是别人。一种类似文痞、流氓的行径,我看到在文坛在社会挺有市场。

我蔑视和厌恶这一现象。

真的文坛之丑恶,其实正是这一现象。

我将永久牢记家母关于做人的训导——做竹须空,做人须直……

好母亲应该有好儿子,反之是人世间大孽。

就是这样。

蝶儿飞走

田维同学给我留下的印象是很深的,而且也是很好的。

她曾是我所开的选修课的学生。每次上课她都提前几分钟来到教室,从没迟到过,也从没在教室里吃过东西,或在我讲课时伏于桌上,更没在我讲课时睡着过……

分明地,她和同宿舍的一名女生很要好。往常是她们双双走入教室,每并坐第一排或第二排。她不是那类人在课堂,心不在焉的学生。

有次课间,我问她俩:"你们形影不离似的,是不是互相之间很友爱啊?"

她俩对视一眼,都微微一笑。

和田维同宿舍的那一名女生说:"是啊!"

田维却什么也没说,目光沉静地看着那一位女同学,表情欣慰。

大约就是在那一堂课后，我在自己的教师信箱里发现了田维写给我的一封信。她的字，写得别提多么认真了。笔画工整，接近是仿宋体。两页半笔记本纸的一封信，竟无一处勾改过。她对标点符号之运用，像对写字一样认真。即使在我们中文系的学生中，对汉字书写及标点符号如许认真者，也是不多的。仅就此点而言，她也是一名应该选择汉语言文学专业的学生。

那封信使我了解到，她不幸患上了一种接近是血癌的疾病。自此，我再见到她，心情每一沉郁。然而我眼中的她，一如以往是一名文文静静的小女生。我觉得她的内心，似乎是波澜不惊的。在那一班女生中，她也确乎是看起来小的。不仅指她的身个儿，还指她给我的特殊印象——在我看来，她仿佛仍怀着一颗洁净的初中女生的心。俗世染人，现而今，有那样一颗洁净心的初中女生，大约也是不多的吧？

后来，我曾单独与她同宿舍的那一名女生谈过一次话，嘱咐她："既然你们是好朋友，更要关爱我们的田维，若有什么情况，及时向老师通告。"

她责无旁贷地回答："我会的。"

于是，我对那一名女生印象也很深了。

某一节课上，我要求几名同学到黑板前，面向大家，发表对一部电影的看法。也请田维到黑板前，对几名同学的评说给出分数，并陈述她自己的给分原则。那几名同学有些像参赛选手，而田维如同评委主席。没想到田维给出的分数竟极为服众。她的陈述言简意赅，同样令大家满意。我想，一个事实肯定是，那一堂课上，她的中文能力表现良好，又加深了我对她的印象……

其后她缺了好多堂课，我暗问她的室友，得到的回答是："田维又住院了。"一个"又"字，使我沉默无语。田维又出现在课堂上时，我什么都没有问她，若无其事似的。但讲课时，总会情不自禁地看着她。在我眼里，她不仅是大学女生，还是女孩儿。我没法不格外关注我班上的这一个女孩儿。学期考试时，田维早早地就到教室里了。那一天她很反常，坐到了最后一排去。考题是散文或评论，任选一篇；没有任何一名同学预先知道考题。我不明白田维为什么要坐到最后一排去。我猜测也许是她的一种下意识使然——比如毫无准备的现场写作格外感到压力，比如那一天觉得自己身体状况不好。所以作为监考老师，我又不由得经常将目光望向她，在内心里对她说："田维，只要你写够了两千字，哪怕愧对'写作'二字，老师也会给你及格的……"

她却始终在埋头写着。止笔沉思之际，也并不抬起头来。在五十余份考卷中，出乎我意料的是——田维的卷面状态最佳，字迹更工整了，行段清晰，一目了然，标点符号也标得分明、规范、正确。那是五十余份考卷中唯一一份考生自己一处也未勾改过的考卷，一如她曾写给我的信。那也是五十余份考卷中唯一一份我一处都未改错的考卷。肯定的，那种情况对于任何一位判中文考卷的老师都是不多见的。

散文题有两则——《雪》或《雨》，可写景，可叙事。田维选择了《雪》，叙事写法。写到了自己的童年，写到了奶奶对她的爱。我至今仍记得她写到的某些细节——冬天放学回家，奶奶一见到她，立刻解开衣襟，将她那双冻得通红的小手紧夹在奶奶温暖的腋下……感冒从小对她就是一件严重的事情，奶奶在冬季来临之前，为她做了一身厚厚的棉衣裤，使她穿上了像小熊猫，自己觉得好笑，奶奶却极有成就感……

在大学中文学子们的写作中，内容自恋的现象多，时髦写作的现象多，无病呻吟的现象多，真情写作却是不怎么多的。

田维落在考卷上的那些文字，情真意切。

我给了她九十九分，抑或一百分。我记不清了，总之是全班最高分。我不认为我给她的分数是有失标准的。我只承认，我给予田维的分数，具有主张的性质。排开我自己的想法不谈，即使由别位老师来判，在那五十余份考卷中，田维的分数也必然将是最高的；只不过别位老师，也许不会像我一样重视她的考卷所体现出的示范意义……

她竟悄悄地走了，我心愀然。她竟在假期里悄悄地走了，老师们和同学们都没能一起送她走，这使我们更加难过。

田维是一名热爱中文的女学子，也是一名极适合学中文的女学子。我们教的中文，是主张从良好情怀的心里发芽的中文。这样的一颗心,田维无疑是有的。

现在我终于明白了,她目光里那一种超乎她年龄的沉静,对于我们都意味着些什么了。经常与死神波澜不惊地对视的人,是了不起的人。田维作为中文女学子,之所以对汉字心怀庄重,我以为也许是基于这样的想法——要写,就认认真真地写。而且,当成一次宝贵的机会来对待。

这令我不但愀然,亦以肃然,遂起敬。

蝶儿飞走……

让我们用哀思低唱一曲《咏蝶》……

眼为什么望向窗外

无窗,不能说是房子,或屋子。确是,也往往会被形容为"黑匣子般的"……

"窗"是一个象形汉字。古代通"囱",只不过是孔的意思。后来,因要区别于烟囱,逐渐固定成现在的写法。从象形的角度看,"囱"被置于"穴"下,分明已不仅仅是透光通风之孔,而且有了提升房或屋也就是家的审美意味。

若一间屋,不论大小,即使内装修再讲究,家私再高级,其窗却布满灰尘,透明度被严重阻碍了,那也还是会令主人感觉差劲,帝宫王室也不例外。"窗明几净"虽然起初是一个因果关系词,但一经用以形容屋之清洁,遂成一个首选词汇。也就是说,当我们强调屋之清洁时,脑区的第一反应是"窗明"。这一反应,体现着人性对事物要项的本能重视。

冬天过去了,春天来了,在北方,不论城市里还是农村里的人家,不论穷还是富,都做的一件事那就是去封条、擦窗子。如果哪一户人家竟没那么做,肯定是不正常的。别人往往会议论——瞧那户人家,懒成啥样了?窗子脏一冬天了都不擦一擦!或——唉,那家人愁得连窗子都没心思擦了!而在南方,勤劳的人家,其窗更是一年四季经常要擦的。

从前的学生,一升入四年级,大抵就开始在老师的指导下学着擦净教室的每一扇窗了。那是需要特别认真之态度的事,每由老师指定细心的女生来完成。男生,通常则只不过充当女生的助手。那些细心的女生哟,用手绢包着指尖,对每一块玻璃反复地擦啊擦啊,一边擦还一边往玻璃上哈气,仿佛要将玻璃擦薄似的。而各年级各班级进行教室卫生评比,得分失分,窗子擦得怎样是首要的评比项目。

"要先擦边角!"——有经验的大人,往往那么指导孩子。

因为边角藏污纳垢,难擦,费时,擦到擦尽不容易,所以常被马虎过去,甚而被成心对付过去。

随着建筑成为一门学科,窗在建筑学中的审美性更加突出,更加受到设计者的重视。古今中外,一向如此。简直可以说,忽略了对窗的设计匠心,建筑成不了一门艺术。

黑夜过去了,白天开始了,人们起床后的第一件事大抵是拉开窗帘。在气象预告方式不快捷也不够准确的年代,那一举动也意味着一种心理本能——要亲眼看一看天气如何。

倘又是一个好天气，人的心境会为之一悦。

宅屋有窗，不仅为了通风，还为了便于一望。古今中外，人们建房购房时，对窗的朝向是极在乎的。人既希望透过窗望得广、望得远，还希望透过窗望到美好的景象。

"窗含西岭千秋雪"——室有此窗，不能不说每日都在享着眼福。

"罗汉松掩花里路，美人蕉映雨中楹。"——这样的时光，凭窗之人，如画中人也。不是神仙，亦近乎神仙了。

"双双瓦雀行书案，点点杨花入砚池。闲坐小窗读《周易》，不知春去几多时。"——如此这般凭窗闲坐，是多么惬意的时光呢！

人都是在户内和户外交替生活着的动物。人之所以是高级的动物，乃因谁也不愿在户内度过一生。故，窗是人性的一种高级需要。

人心情好时，会身不由己地站在窗前望向外边。心情不好时，尤其会那样。

人冥想时喜欢望向窗外，忧思时也喜欢望向窗外。连无所事事心静如水时，都喜欢傻呆呆地坐在窗前望向外边。

老人喜欢那样；小孩子喜欢那样；父母喜欢怀抱着娃娃那样；相爱的人喜欢彼此依偎着那样；学子喜欢靠窗的课位；住院患者喜欢靠窗的床位；列车、飞机、轮船、公共汽车靠窗的位置，一向是许多人所青睐的。

一言以蔽之。人眼之那么喜欢望窗外。何以？窗外有"外边"耳。

对于人，世界是由两部分组成的。内心的一部分和外界的一部分。人对外界的感知越丰富，人的内心世界也便越豁达。通常情况下，大抵如此，反之，人心就渐渐地自闭了。而我们都知道，自闭是一种心理方面的病。

对于人，没有了"外边"，生命的价值也就降低了，低得连禽兽都不如了。试想，如果人一生下来，便被关在无窗无门的黑屋子里，纵然有门，却禁止出去，那么一个人和一条虫的生命有什么区别呢？即使每天供给着美食琼浆，那也不过如同一条寄生在奶油面包里的虫罢了。

即使活一千年一万年，那也不过是一条千年虫万年虫。

连监狱也有小窗。

那铁条坚铸的囚窗，体现着人对罪人的人道主义。囚窗外冰凉的水泥台上悠然落下一只鸽子，或一只蜻蜓，甚或一只小小的甲虫——永远是电影或电视剧中令人心尖一疼的镜头。被囚的如果竟是好人，我们泪难禁也。

业内人士每将那样的画面称为"煽情镜头"，但是他们忘了接着问一下自己，为什么类似的画面一再出现在电影或电视剧中，却仍有许多人的情绪那么容易被煽动的戚然？

无他。

普遍的人性感触而已。

在那一时刻，鸽子、蜻蜓、甲虫以及一片落叶、一瓣残花什么的，它们代表着"外边"，象征这所有"外边"的信息。

当一个人与"外边"的关系被完全隔绝了,对于人是非常糟糕的境况。虽然不像酷刑那般可怕,却肯定像失明失聪一样可悲。

据说,有的国家曾以此种方式惩罚罪犯或所谓"罪犯"——将其关入一间屋子,屋子的四壁、天花板、地板都是雪白的或墨黑的。并且,是橡胶的,绝光,绝音。每日的饭和水,却是按时定量供给的。但尽管如此,短则月余,长则数月,十之七八的人也就疯掉了或快疯掉了……

某次我乘晚间列车去别的城市,翌日九点抵达终点站,才六点多钟,卧铺车厢过道的每一窗前已都站着人了。而那是T字头特快列车,窗外飞奔而掠过的树木连成一道绿墙,列车似从狭长的绿色通道驶过。除了向后迅移的绿墙,其实看不到另外的什么。

然而那些人久久地伫立窗前,谁站累了,进入卧室去了,窗前的位置立刻被他人占据。进入卧室的,目光依然望向窗外,尽管窗外只不过仍是向后迅移的绿墙。我的回忆告诉我,那情形,是列车上司空见惯的……

天亮了,人的第一反应是望向窗外,急切地也罢,习惯地也罢,都是缘于人性本能。好比小海龟一破壳就本能地朝大海的方向爬去。

就一般人而言,眼睛看不到"外边"的时间,如果超过了一夜那么长,肯定情绪会烦躁起来的吧?而监狱之所以留有囚窗,其实是怕犯人集体发狂。日二十四时,夜仅八时,实在是"上苍"对人类的眷爱啊。如果忽然反过来，三分之二的时间成了夜晚，大多数人会神经错乱的吧？

眼为什么望向窗外？

因为心智想要达到比视野更宽广的地方。虽非人人有此自觉，但几乎人人有此本能。连此本能也无之人，是退化了的人。退化了的人，便谈不上所谓内省。

窗外是"外边"：外国是"外边"，宇宙也是外边。在列车上，"外边"是移动的大地；在飞机上，"外边"是天际天穹；在客轮上，"外边"是蓝色海洋……

人贵有自知之明，所以只能形容内心世界像大地，像海洋，像天空"一样"丰富多彩，"像"其意是差不多少。很少有什么人的内心世界被形容得比大地、比海洋、比天空"更"怎样。

外边的世界既然比内心之"世界"更精彩，人心怎能佯装不知？人眼又怎能不经常望向窗外？……

二〇〇九年八月三十一日于北京

窗的话语

当人的目光注视在另一个人的脸上,吸住它的必是对方的眼睛。是的,是吸住,而不是吸引住。也就是说,哪怕对方并不情愿你那样,你的目光还是会不由自主地那样。好比铁屑被磁石所吸。好比漂在水面的叶子被旋涡所吸。倘对方真的不情愿,那么就会腼腆起来,甚至不自然起来。于是垂下了头。于是将脸转向了别处。于是你立刻意识到了自己那样的不妥。如果你不是一个无礼的家伙,那么你就会约束你的目光别继续那样……

当人走近一所房屋,或一幢楼,首先观看的,必是窗子。窗是房或楼的眼睛。从前的哈尔滨是一座俄侨较多的城市。在一般的社区,他们居住在院子临街的房子里。那些房子一律人字形脊,一律有延出的房檐。房檐下,俄式的窗是一道道风景。对小时候的我而言，具有审美的意义。我想，我对窗的敏感，大约也是儿童和少年对美的敏感吧？

普遍的俄式的窗，四周都用木板进行装饰，如同装饰一幅画的画框。木板锯成各式各样的花边。有的还新刷了乳白色的、草绿色的、海蓝色的、米黄色的、深紫色的或浅粉色的油漆，凸显于墙面，煞是美观。

俄式的窗带窗栅，但又不同于栅。栅是有间隙的，窗栅却是两块能开能合，合起来严密地从外面遮挡住窗的木板。不消说，那也是美观的。

于是住在房子里的人家，一早一晚多了两项生活内容——开窗栅和关窗栅。早晨开窗栅，它向窗的两边展开，仿佛一本硬封面的大书翻开着了。夜晚关上，又仿佛舞台的闭幕。窗栅是有专用的锁的，窗栅一落锁，如同带锁的家庭日记被锁上了。那时的窗，似乎代表着一户人家进行无声的宣告——从即刻起，那一人家要独享时间了。有的窗栅朽旧了，从裂缝泄出了屋里的灯光。而早晨窗栅一开，又意味着一户人家可以接待外人了。开窗栅和关窗栅，是孩子的义务。中国人家也有住俄式房子的。小时候的我，特别羡慕那些早晚开关自家窗栅的中国孩子。我巴望尽那么一种家庭义务。然我只有羡慕而已，我家住的破房子深陷地下。所谓窗，自然也被土埋了一半。破碎的玻璃，用纸条粘连着，想擦都没法擦。

我想，小时候的我，对别人家的窗的审美性观看，其实更是一种对温馨的小康生活的憧憬。其硬件是——一所看去不歪不斜的小小房子。而它有两扇,不,哪怕仅仅一扇带窗栅的窗。小时候的我,对家庭生活的私密性,有着一种本能的,近乎神圣的维护意识。我不知它是怎么产生于我小小心灵中的。是别人家的带窗栅的窗,给予了我一种关于家的暗示么?

哈尔滨市的南岗区、道里区、道外区,是俄式建筑集中的区域。那些楼都不太高,二层或三层罢了。从前,它们的窗,是更加美观的。四周的花边更具有艺术意味。某些窗的上边,有对称的浪花形浮雕;或对称的花藤浮雕;或身姿婀娜的小仙女或胖得可爱的小仙童浮雕。"文革"中,基本都被砸掉了。

对于童年和少年的我,那些窗是会说话的,是有诗性的。似乎都在代表住在里面的主人表达着一种幸福感:看吧,美和我的家是一回事啊!

中国有一句话叫"以貌取人"。

我从不"以貌取人"。

更不会以服裳之雅俗而决定对一个人的态度。

但是坦率地说,我却至今习惯于从一户人家的窗,来判断一户人家生活的心情。倘一户人家的窗一年四季擦得明明亮亮,我认为,实在可以证明主人们的生活态度是积极乐观的。

我家住在一幢六层宿舍楼的第三层。那是一幢快二十年的旧楼。我家住进去也有十几年了。我家是全楼唯一没装修过的人家,但我家的窗一向是全楼最明亮的。每次都由我亲自一扇扇擦个够。我终于圆了小时候的一个梦——拥有了数扇可擦之窗的梦。我热爱那一份家庭义务。起初我擦窗像猿猴一样灵活,一手扳着窗棂,一手拿抹布。手里是湿抹布,兜里是干抹布。脚蹬才两寸来宽的外窗台,身子稳稳的。看见的人便说:"小心点儿,太悬!"我还敢扭头回答道:"没事儿!"每次都那么擦上两三小时。后来不必谁提醒,从某一次起,我自己开始往腰间系绳子了。再后来系绳子也觉不安全了,于是装了铁栅。于我,其实非是为了防盗,是为了擦窗方便。现在,站在垫了板的铁栅上,我也变得小心翼翼的了,总担心连人带铁栅一齐掉下去。现在的我已不是十几年前的我了,我不得不暗暗承认我许多方面都开始老了。

哪一天我家也雇小时工擦窗了,我会悲哀的。

心情好时我擦窗,心情不好时我也擦窗。窗子擦明亮了,心情也似乎随之好转了。

我劝住楼房低层尤其平房的朋友们,尤其男人,尤其心情不好时,亲自擦擦自家的窗吧!试试看,也许将和我有同样体会。在生活中,有时我们花很微不足道的钱雇他人在最寻常之方面为我们服务,自认为很值。其实,我们也许是在卖出,甚而是贱卖原本属于我们的某种愉快。

我的一名知青战友,返城后,一家三口租住一间潮湿的地下室。一住就是十来年。他的儿子,从那地下室的窗,只能望见过往行人的形形色色的鞋和腿，于是以画自娱。父亲大为光火，以为无聊且庸俗。现在，他二十三岁的儿子，已成小有名气的新生代漫画家。

地下室的窗，竟引领了那孩子后来的人生。

我曾到过一个很穷的乡村，那儿竟有一所重点高中。据说学生只要进入了那所高中，就等于一只脚迈进了包括清华北大在内的重点大学的校门。冠其名曰重点高中，其实校园很小，教室和学生宿舍也旧陋不堪。令我惊讶的是，学生宿舍的所有窗几乎都从里面封上了，用的是厚塑料布加木条。

我问："这些窗……为什么是这样的？"

校长回答："这不冬天快到了么？我们江南没暖气，为保暖。"我又问："夏天呢？"答："夏天也这样。山上鸟多，学生们需要的是寂静。"

"那……不热吗？"

"热当然是会热的。但如果窗是玻璃的，人就难免会往窗外望啊！我们的学生在宿舍里也习惯了埋头看书。学校要将窗安上玻璃，他们还反对呢！"

望着进进出出的学生们苍白的脸，我默然，进而肃然。他们的上进，依我看来，已分明带有自虐的性质。我顿时联想到"悬梁刺股"的典故。窗代表他们，向我无言地诉说着当代中国穷困的农家子女们，鲤鱼跃龙门般的无怨无悔一往无前的志向。

我只有默默而已，只有肃然而已。

我以为，最令人揪心的，莫过于卖火柴的小女孩在大雪天冻死前所凝望着的窗了——窗里有使她馋涎欲滴的烤鹅和香肠，还有能使她免于一死的温暖。

我以为，最令人肃然的，是监狱的窗。在那一种肃然中，几乎一切稍有思想的头脑，都会情不自禁地从正反两方面拷问自己的心灵，也会想到那些沉甸甸的命题：诸如罪恶、崇高、真理的代价以及"一失足成千古恨"……

夜半临窗，无论有月还是无月，无论窗外下着冷雨还是降着严霜还是大雪飘飞，谁心不旷寂？谁心不惆怅？

窗在万籁俱寂的夜晚，似人心和太虚之间一道透明的屏障。大约任谁都会有"我欲乘风归去"的闪念吧？大约任谁都会起破窗而出，融入太虚的冲动吧？

斯时窗是每一颗细腻的心灵的框。

而心是框中画。

其人生况味，唯己自知。

窗是家的眼。

你望着它，它便也望着你。

沉默的墙

在一切沉默之物中，墙与人的关系最为特殊。

无墙，则无家。

建一个家，首先砌的是墙。为了使墙牢固，需打地基。因为屋顶要搭盖在墙垛上。那样的墙，叫"承重墙"。

承重之墙，是轻易动不得的。对它的任何不慎重的改变，比如在其上随便开一扇门，或一扇窗，都会导致某一天突然房倒屋塌的严重后果。而若拆一堵承重墙，几乎等于是在自毁家宅。人难以忍受居室的四壁肮脏。那样的人家，即使窗明几净也还是不洁的。人尤其忧患于承重墙上的裂缝，更对它的倾斜极为恐慌。倘承重墙出现了以上状况，人便会处于坐卧不安之境。因为它时刻会对人的生命构成威胁。

在墙没有存在以前，人可以任意在图纸上设计它的厚度、高度、长度、宽度，和它在未来的一个家中的结构方向。也可以任意在图纸上改变那一切。

然而墙，尤其承重墙，它一旦存在了，就同时宣告着一种独立性了。这时在墙的面前，人的意愿只能徒唤奈何。人还能做的事几乎只有一件，那就是美化它，或加固它。任何相反的事，往往都会动摇它。动摇一堵承重墙，是多么的不明智不言而喻。

人靠了集体的力量足以移山填海。人靠了个人的恒心和志气也足以做到似乎只有集体才做得到的事情。于是人成了人的榜样，甚至被视为英雄。一个再平凡不过的人，在自己的家里，在家扩大了一点儿的范围内，比如院子里，又简直便是上帝了。他的意愿，也仿佛上帝的意愿。他可以随时移动他一切的家具，一再改变它们的位置。他可以把一盆花从这一个花盆里挖出来，栽到另一个花盆里。他也可以把院里的一株树从这儿挖出来，栽到那儿。他甚至可以爬上房顶，将瓦顶换成铁皮顶。倘他家的地底下有水层，只要他想，简直又可以在他家的地中央弄出一口井来。无论他可以怎样，有一件事他是不可以的，那就是取消他家的一堵承重墙。而且，在这件事上，越是明智的人，越知道不可以。

只要是一堵承重之墙，便只能美化它，加固它，而不可以取消它。无论它是一堵穷人的宅墙，还是一堵富人的宅墙。即使是皇帝住的宫殿的墙，只要它当初建在承重的方向上，它就断不可以被拆除。当然，非要拆除也不是绝对不可以，那就要在拆除它之前，预先以钢铁架框或石木之柱顶替它的作用。

承重墙纵然被取消了，承重之墙的承重作用，也还是变相地存在着。

人类的智慧和力量使人类能上天了，使人类能蹈海了，使人类能入地了，使人类能摆脱地球的巨大吸引力穿过大气层飞入太空登上月球了；但是，面对任何一堵既成事实的承重墙，无论是雄心大志的个人还是众志成城的集体，在科学高度发达的今天，还是和数千年前的古人一样，仍只有三种选择——要么重视它既成事实了的存在；要么谨慎周密地以另外一种形式取代它的承重作用；要么一举推倒它炸毁它，而那同时等于干脆"取消"一幢住宅，或一座厂房，或高楼大厦。

墙，它一旦被人建成，即意味着是人自己给自己砌起的"对立面"。

而承重墙，它乃是古今中外普遍的建筑学上的一个先决条件，是砌起在基础之上的基础。它不但是人自己砌起的"对立面"，并且是人自己设计的自己"制造"的坚固的现实之物。它的存在具有人不得不重视它的禁讳性。它意味着是一种立体的眼可看得见手可摸得到的实感的"原理"。它沉默地立在那儿就代表着那一"原理"。人摧毁了它也还是摧毁不了那一"原理"。别物取代了它的承重作用恰证明那一"原理"之绝对不容怀疑。

而"原理"的意思也可以从文字上理解为那样的一种道理——一种原始的道理，一种先于人类存在于地球上的道理。因为它比人类古老，因为它与地球同生同灭，所以它是左右人类的地球上的一种魔力,是地球本身赋予的力。谁尊重它,它服务于谁;谁违背它,它惩罚谁。古今中外,地球上无一人违背了它而又未自食恶果的。

墙是人在地球上占有一定空间的标志,承重墙天长地久地巩固这一标志。

墙是比床,比椅,比餐桌和办公桌与人的关系更为密切的东西。因为人每天只有数小时在床上,因为人并不整天坐在椅上,也不整天不停地吃着或伏案。但人眼只要睁着,只要是在室内,几乎每时每刻看到的都首先是墙。即使人半夜突然醒来,他面对的也很可能首先是墙。墙之对于人,真是低头不见抬头便见。

所以人美化居住环境或办公环境,第一件要做的事便是美化墙壁。为此人们专门调配粉刷墙壁的灰粉,制造专门裱糊墙壁的壁纸。壁纸在从前的年代只不过是印有图案的花纸,近代则生产出了具有化纤成分的壁膜和不怕水湿的高级涂料。富有的人家甚至不惜将绸缎包在板块上镶贴于墙。人为了墙往往煞费苦心。

然而墙却永远沉默着,永远无动于衷,永远宠辱不惊。不像床、椅和桌子,旧了便发出响声。而墙,凿它、钻它、钉它,任人怎样,它还是一堵沉默的墙。

我童年的家,是一间半很低很破的小房子。它的墙壁是根本没法粉刷的,也没法裱糊。再说买不起墙纸。只有过春节的时候,用一两幅年画美化一下墙。春节一过,便揭下卷起,放入旧箱子,留待来年春节再贴。穷人家的墙像穷人家的孩子,年画像穷人家的墙的一件新衣,是舍不得始终让它"穿在身上的"。

后来我家动迁了一次。我们的家终于有了四面算得上墙的墙。那一年我小学五年级。从那一年起,我开始学着刷墙。刷墙啊!多么幸福多么快乐的事啊!刷前还要仔细抹平墙上的裂纹。我将炉灰用筛子筛过,掺进黄泥里,和成自造的水泥。几次后我刷墙不但刷出了经验,而且显示出了天分。往石灰浆里兑些蓝墨水,墙就可以刷成我们现在叫作"冷色"的浅蓝色。兑些红墨水,墙就可以刷成我们现在叫作"暖色"的浅红色。但对于那个年代的小百姓人家墨水是很贵的。舍不得再用墨水,改用母亲染衣服的蓝的或红的染料。那便宜多了,一包才一角钱,足够用十几次。我上中学后,已能在墙上喷花。将硬纸板刻出图案,按住在墙上;一柄旧的硬毛刷沾了灰浆,手指反复刮刷毛,灰点一番番溅在墙上;不厌其烦,待纸板周围遍布了浆点,一移开,图案就印在墙上了。还有另一种办法,也能使刷过的墙上出现"印象派"的图案,那就是将抹布像扭麻花似的对扭一下,沾了灰浆在墙上滚。于是滚出了一排排浪,滚出了一朵朵云,滚出了不可言状的奇异的美丽。是少年的我,刷墙刷得上瘾,往往一年刷三次。开春一次,秋末一次,春节前一次。为的是在家里能面对自己刷得好看的墙,于是能以较好的心情度过夏季、"十一"和春节。因而,居民委员会检查卫生,我家每得红旗。因而,我在全院，在那一条小街名声大噪。别人家常求我去刷墙，酬谢是一张澡票，或电影票……

后来我去乡下，我的弟弟们也被我带出徒了。

住在北影一间筒子楼的十年，我家的墙一次也没刷过。因为我成了作家，不大顾得上刷墙了。

搬到童影已十余年，我家的墙也一次没刷过。因为搬来前，墙上有壁膜。其实刷也是刷过的，当然不是用灰浆，而是用刷子蘸了肥皂水刷干净。四五次刷下来，墙膜起先的黄色都变浅了……现在，墙上的壁膜早已多处破了。我也懒得刷它了，更懒得装修。怕搭赔上时间心里会烦，亦怕扰邻。但我另有美观墙的办法，哪儿脏得破得看不过眼去，挂画框什么的挡住就是。于是来客每说："看你家墙，旧是太旧了，不过被你弄得还挺美观的。"

现在，我家一面主墙的正上方，是方形的特别普遍的电池表，大约一九八三年，一份叫《丑小鸭》的文学杂志发给我的奖品，时价七八十元。表的下方，书本那么大的小相框里，镶着性感的玛丽莲·梦露。我这个男人并不唯独对玛丽莲·梦露多么着迷。壁膜那儿只破了一个小洞，只需要那么小的一个相框，也只有挂那么小的一个相框才形成不对称的美。正巧逛早市时发现摊上在卖，于是以十元钱买下。满墙数镶着玛丽莲·梦露的相框最小，也着实有点儿委屈梦露了。"她"的旁边，是比"她"的框子大出一倍多的黑框的俄罗斯铜版画，其上是庄严宏伟的玛丽亚大教堂，是在俄罗斯留学过,确实沾亲的一位表妹送给我的。玛丽莲·梦露的下方,框子里镶的是一位青年画家几年前送给我的小幅海天景色的油画。另外墙上同样大小的框子里还镶着他送给我的两幅风景油画,都是印刷品。再下方的竖框里,是芦苇丛中一对相亲相爱的天鹅的摄影,是《大自然》杂志的彩页。我由于喜欢剪下来镶上了。一对天鹅的左边,四根半圆木段组成的较大的框子里,镶着列维斯坦的一幅风景画《静谧的河湾》,水中的小船,岸上的树丛,令人看了心驰神往。此外墙上另一幅黑相框里,镶着金箔银箔交相辉映的耶稣全身布道像。还有两幅是童影举行电影活动的纪念品,一幅直接在木板上镶着苗族少女的头像,一幅镶着艺术化了的牛头,那一年是牛年。那一幅上边是《最后的晚餐》,直接压印在薄板上,无框。墙上还有两具瓷的羊头,一模一样;一具牛头,一具全牛,我花一百元从摊上买的。还有别人送我的由一小段一小段树枝组成的带框工艺品,还有两名音乐青年送给我的他们自己拍的敖包摄影,还有湖南某乡女中学生送给我的她们自己粘贴的布画,是扎着帕子的少女在喂鸡,连框子也是她们自己做的。这是我最珍视的,因为少女们的心意实在太虔诚。还有一串用布缝制的五彩六色的十二生肖,我花十元钱在早市上买的,还有如意结、如意包、小灯笼什么的,都是早市上二三元钱买的……

以上一切,挡住了我家墙上的破处、脏处,并美化了墙。我这么详尽地介绍我家一面主墙上的东西,其实是想要总结我对墙的一种感想——墙啊，墙啊，永远沉默着的墙啊，你有着多么厚道的一种性格啊！谁要往你身上敲钉子，那么敲吧，你默默地把钉子咬住了。谁要往你身上挂什么，那么挂吧，管它是些什么。美观也罢，相反也罢，你都默默地认可了。墙啊，墙啊，你具有的，是一种怎样的包容性啊！

尽管，人可以在墙上想写什么就写什么，想画什么就画什么，想挂什么就挂什么，想把墙刷成什么颜色就刷成什么颜色——然而，无论多么高级的墙漆，都难以持久，都将随着岁月的流逝渐渐褪色，剥落；自欺欺人或被他人所骗往墙上刷质量低劣的墙漆，那么受害的必是人自己。水泥和砖构成的墙，却是不会因而被毁到什么程度的。

时过境迁，写在墙上的标语早已成为历史的痕迹，写的人早已死去，而墙仍沉默地直立着；画在墙上的画早已模糊不清，画的人早已死去，而墙仍沉默地直立着；挂在墙上的东西早已几易其主，由宝贵而一钱不值，或由一钱不值身价百倍，而墙仍沉默地直立着；战争早已成为遥远的大事件，墙上弹洞累累，而墙沉默地直立着……

墙什么都看见过，什么都听到过，什么都经历过，但它永远地沉默地直立着。墙似乎明白，人绝不会将它的沉默当成它的一种罪过。每一样事物都有它存在着的一份天职。墙明白它的天职不是别的，而是直立。墙明白它一旦发出声响，它的直立就开始了动摇。墙即使累了，老了，就要倒下了，它也会以它特有的方式向人报警，比如倾斜，比如出现裂缝……

人知道有些墙是不可以倒下的，因而人时常观察它们的状况，时常修缮它们。人需要它们直立在某处，不仅为了标记过去，也是为了标志未来。

比如法国的巴黎公社墙。

人知道有些墙是不可以不推倒它的。比如隔开爱的墙；比如强制地将一个国家和一个民族一分为二的墙……

比如种族歧视的无形的墙；比如德国的柏林墙。

人从火山灰下，沙漠之下发掘出古代的城邦，那些重见天日的不倒的墙，无不是承重之墙啊！它们沉默地直立着，哪怕在火山灰下，哪怕在沙漠之下，哪怕在地震和飓风之后。

像墙的人是不可爱的。像墙的人将没有爱人，也会使亲人远离。墙的直立意象，高过于任何个人的形象。宏伟的墙所代表的乃是大意象，只有民族、国家这样庄严的概念可与之互喻。

一个时代又一个时代过去了，像新的墙漆覆盖旧的墙漆；一批风云际会的人物融入历史了，又一批风云际会的人物也融入历史了，像挂在墙上的相框换了又换；战争过去了，灾难过去了，动荡不安过去了，连辉煌和伟业也将过去。像家具，一些日子挪靠于这一面墙，一些日子挪靠于另一面墙……而墙，始终是墙，沉默地直立着。而承重墙，以它之不可轻视告诉人：人可以做许多事，但人不可以做一切事；人可以有野心，但人不可以没有禁忌，哪怕是对一堵墙……

蛾眉

半截燃烧着的烛在哭。

它不是那种在婚礼上、在生日，或在祭坛上被点亮的红烛，而是白色的，烛中最普通的，纯粹为了照明才被生产出来的烛。

天黑以后，一户人家的女孩儿要到地下室去寻找她的旧玩具，她说："爸爸，地下室的灯坏了，我有点儿害怕去。你陪我去吧！"她的爸爸正在看报。他头也不抬地说："让你妈妈陪你去。"于是她请求妈妈陪她去。她的妈妈说："你没看见我正在往脸上敷面膜呀？"女孩儿无奈，只得鼓起勇气，点亮了一支蜡烛擎着自己去。那支蜡烛已经被用过几次了，在断电的时候。但是每次只被点亮过片刻，所以并不比一支崭新的蜡烛短太多。

女孩儿来到地下室，将蜡烛用蜡滴粘在一张破桌子的桌角上，很快地找到了她要找的旧玩具……她离开地下室时，忘了带走蜡烛。于是，蜡烛就在桌角寂寞地，没有任何意义地燃烧着。到了半夜时分，烛已经消耗得只剩半截了。烛便忍不住哭起来。因自己没有任何意义的燃烧……

事实上烛始终在流泪不止，然而对于烛，一边燃烧一边缓缓地流着泪，并不就等于它在悲伤，更不等于它是哭了，那只不过是本能，像人在劳动的时候出汗一样。当烛燃烧到一半以后，烛的泪有一会儿会停止流淌，斯际火苗根部开始凹下去，这是烛想要哭还没有哭的状态。烛的泪那会儿不再向下淌了。熔化了的烛体，如纯净水似的，积储在火苗根部，越积越满……

极品的酒往杯里斟，酒往往可以满得高出杯沿而不溢。烛欲哭未哭之际，它的泪也是可以在火苗根部积储得那么高的。那时烛捻是一定烧得特别长了。烛捻的上端完全烧黑了，已经不能起捻的作用了，像烧黑的谷穗那般倒弯下来，也像烧黑的钩子或镰刀头。于是火苗那时会晃动，烛光忽明忽暗的。于是烛呈现一种极度忍悲，"泪盈满眶"的状态。此时如果不剪烛捻，则它不得不向下燃烧，便舔着积储火苗根部的烛泪了，便时而一下地发出细微的响声了，那就是烛哭出声了。积高不溢的烛泪，便再也聚不住，顷刻流淌下来，像人的泪水夺眶而出……

此时烛是真的哭了，出声地哭了。

刚刚点燃的烛是只流泪不哭泣的。因为那时烛往往觉着一种燃烧的快乐，并因自己的光照而觉着一种情调，觉着有意思和好玩儿。即使它的光照毫无意义，它也不会觉得在白耗生命……

但是燃烧到一半的烛是确乎会伤感起来的。烛是有生命的物质。它的伤感是由它对自己生命的无限眷恋而引发的，就像年过五旬之人每对生命的短促感伤起来。烛燃烧到一半以后，便处于最佳的燃烧状态了，自身消耗得也更快了……我们这一支烛意识到了这一点。它甚至有些恓惶了。

"朋友，你为什么忧伤？"它听到有一个声音在问它。那声音羞怯而婉约。烛借着自己的光照四望，在地下室的上角，发现有几点小小的光亮飘舞着。那是一种橙色的光亮，比萤火虫尾部的光亮要大些，但是没有萤火虫尾部的光亮那么清楚。烛想，那大约是地下室唯一有生命的东西了。那究竟是什么呢？

"我在问你呢，朋友。看着你泪水流淌的样子真使我心碎啊！"声音果然是那几点橙色的光亮发出的。

烛悲哀地说："不错，我是在哭着啊。可你是谁呢？"

"我吗？我是蛾呀。一只小小的，丑陋的，刚出生三天的蛾啊！难道你没听说过我们蛾吗？"蛾说着，向烛飞了过去……烛立刻警告地叫道："别靠近我！千万别靠近我！快飞开去，快飞开去！……"蛾四片翅膀上的四点磷光在空中划出四道橙色的优美的弧，改变了飞行的方向。但蛾是不能像青鸟那样靠不停地扇动翅膀悬在空中的，所以它听了烛的话后，只得在烛光未及处上下盘旋。

蛾诧异地问烛："朋友，你竟如此讨厌我吗？"烛并不讨厌它。有一个有生命的东西在烛的生命结束之前与烛交谈，正是烛求之不得的。然而这一支烛知道"飞蛾扑火"的常识，那常识每使这一支烛感到罪过。它不愿自己的烛火毁灭另一种生命，它认为蛾也是一种挺可爱的生命。别的烛曾告诉它，假如某一只蛾被它的烛火烧死了，那么它是大可不必感到罪过的。因为那意味着是蛾的咎由自取。何况蛾大抵都是使人讨厌，对人有害的东西……

烛沉默片刻，反问："你这只缺乏常识的蛾啊，难道你不知道靠近我是多么的危险吗？"

不料蛾说："我当然知道的呀。人认为那是我们蛾很活该的事。而你们烛，我想象得到，你们中善良的会觉得对不起我们蛾，你们中冷酷的会因我们的悲惨下场而自鸣得意，对吗？"

这一支烛没想到这一只蛾对它们的心理是有很准确的判断的。它一时不知该再说什么好。

"如果我说对了，那么你是属于哪一种烛呢？"蛾继续翩翩飞舞着。它的口吻很天真，似乎，还有那么点儿顽皮。

烛光发红了，那是因为白烛很窘的缘故。蛾的出现，使它不再感到孤独，也使它悲哀的心情被冲淡了。它低声嘟哝："倘我是一支冷酷的烛，我还会警告你千万别靠近我吗？"

蛾高兴地说："那么你是一支善良的烛了？但是你知道我们蛾对'飞蛾扑火'这种事的看法吗？"烛诚实地回答它不知道。蛾说："我们是为了爱慕你们烛才那样的呀！"

"是为了爱慕我们？"烛大惑不解。

"对，是为了爱慕你们。在这个世界上，对我们蛾来说，最美的，最值得我们爱的，其实不是其他，也不是我们同类中的英男俊女，恰恰是你们烛呀！真的，你们烛是多么的令我们爱慕啊！你们的身材都是那么挺直，都是典型的、年轻的、帅气的绅士的身材。你们发出的光照那么柔和，你们的沉默，上帝啊，那是多么高贵的沉默啊！还有你们的泪，它使我们心碎又心醉！使我们的心房里一阵阵涌起抚爱你们的冲动。没有一只蛾居然能在你们烛前遏制自己的冲动……"

烛光更红了，烛害羞了。作为烛，从别的烛的口中，它是很了解一些人对烛的赞美之词的，但是却第一次听到坦率又热烈的爱慕的表白，而且表白者是一只蛾。它腼腆地说："想不到真相会是这样，会是这样……"

蛾飞得有点儿累了。它降落在桌子的另一角，匍匐在那儿，又问："你就不想知道我是一只对人有害的或无害的蛾吗？"——声音更加羞怯更加婉约，口吻更加天真。只不过那种似乎顽皮的意味儿，被庄重的意味儿取代了。

烛犹豫片刻，嗫嚅地问："那么，你究竟是一只对人有害的，还是一只对人无害的蛾呢？"

蛾说："其实我自己也不知道。我不是告诉过你了吗，我才出生三天呀。而且，我很少与别的蛾交谈。我只知道，我们蛾的生命虽然比一支燃烧着的烛要长许多，但却是极其平庸的，概念化的。具体对于我这一只小雌蛾是这样的——如果我不是在这间地下室里，而是在外面，那么我会被雄蛾纠缠和追求，或反过来我主动纠缠和追求它们。然后我们做爱，一生唯一的一次。接着我受孕，产卵。再接着我的卵在农田里孵出肉虫，丑陋的肉虫。于是我的生命结束，我的死相也很丑陋，往往是翅膀朝下仰翻着。我们连优美地死去都是梦想……"

蛾的语调也不禁伤感了。烛于是明白，它是一只对人有害的蛾。但是它却不愿告诉蛾这一点。

"烛啊，你肯定知道我究竟属于哪一种蛾了吧，那么请坦率告诉我。我想活个明白，也想死个明白。"

烛说："不。我不知道。人的评判尺度并不完全是我们烛的评判尺度。而在我看来，你是一只漂亮的小雌蛾……"

"你胡乱说什么呀！我……我哪里会是漂亮的呢！"蛾声音小小的，但是烛听出来了，它对这一只蛾的赞美，使这一只蛾很惊喜。

它竟对这一只羞怯的，说起话来语调婉约又顽皮的，情绪忽而乐观忽而感伤的蛾有点儿喜欢了。也许是由于自己的处境吧？总之这是连它自己也不明白的。它借着自己发出的光照开始仔细地端详蛾，继续说："你这只小蛾啊，我并非在违心而言。你的确很漂亮呢！"

烛这么说时，确乎觉得伏在斜对面的桌角上的蛾，是一只少见的漂亮的小蛾了。那是它端详后的结果。于是它又说："你的双眉真美。现在我终于明白，人为什么用'蛾眉'来形容美女之眉了。"

蛾说："这话我爱听。"

"你的翅膀也很美，虽小，却精致，闭起来，像披着斗篷……"

"可是与蝶的翅膀比起来，我就会无地自容了。"

"可是蝶的翅膀却没有发光的磷点呀！一只在黑暗中飞舞的蝶，与蝙蝠有何不同呢，你刚才飞舞时，翅膀上的四点磷光闪烁，如人在舞'火流星'一样……"

"你真的欣赏吗？那我再飞给你看！"蛾说罢，立即飞起。它又顽皮起来了，越飞离烛火越近，并且一次次冒险地低掠着烛的火苗盘旋，使烛一次次提心吊胆，不断惊呼："别胡闹！别胡闹！……"于是死寂的地下室，产生了近乎热闹的气氛。在那一种气氛中，一支烛和一只蛾，各自心里的感伤荡然无存了。

快乐之后是又一番交谈，它们的交谈变得倾心起来。烛告诉蛾它是怎么被带到地下室的；而蛾告诉烛，它则完全是被烛引到地下室的——它本来在楼口的灯下自由自在地飞舞着，忽然一阵风，将它刮入了楼道。楼道里很黑，它正觉得不安，那秉烛的女孩儿走出了家门，结果它就怀着无限的爱慕之情，伴着烛光飞到地下室了……

烛听了蛾的话,感到自己害了蛾,又流淌下了一串泪。蛾却显得特别欣慰。它说能有幸和烛独处同一空间,便死而无憾了。烛又忧伤起来。它说:"你这只漂亮的可爱的小蛾啊,你的话使我听起来,觉得我们是在谈情说爱似的。"

蛾问:"那有什么不好?"

烛反问:"在这样水泥墓穴似的地方?"

蛾说:"正因为是在这样的地方,我们除了彼此相爱,还有什么更值得做的事情?"

烛心事重重地自言自语:"我,和你?"

蛾说:"又有什么不可以?"

于是,它们由倾心交谈而心心相印了。由心心相印而情意绵绵了……

午夜时分,烛燃得只剩半寸高了。烛恋恋不舍地说:"漂亮的小雌蛾啊,我的生命就要结束了。让我以一支烛无可怀疑的诚实告诉你吧,你使我的生命不算白过。"

蛾以情深似海的语调说:"我挚爱的伟大的烛啊,你以你的生命之光为我这一只小小的蛾驱除着黑暗,实在是我的幸福啊!你知道人间有一部戏叫《霸王别姬》吗?"

烛说:"我知道的。"

蛾说:"那么好,让我学那戏中的虞美人,为我的烛作诀别之舞。"

于是蛾再次飞起,亢奋而舞。烛在痴情的欣赏中,渐渐接近着它的熄灭。

舞着的蛾在空中忽然热烈地说："爱人，现在，我要飞向你！"

烛意识到了蛾将要怎样，大叫："别做傻事！"

蛾却说："我要吻你！拥抱你！我要死得优美，并且陪你同死！"

"不，你给予我精神之爱，对我已经足够了！"

"但我仍觉爱得不彻底！"蛾的话热烈、情炽、坚定不移。

"你为什么一定要自蹈悲惨？！"烛光剧晃，烛又哭了，急得。它再次泪如泉涌。

"像我这么一只不起眼的，令人鄙视的，被人认为对他们有害，想方设法欲加以灭绝的小小蛾子，能有机会为爱死，是上天成全我啊！我无私的、光明的、一心舍己为人的爱人呀，快准备好接受我吧！我来啦！"蛾在空中做了最后几圈盘旋，高飞起来，接着猛扇四翼，专执一念地朝烛的火苗扑了过去……转瞬间，蛾用它的双翅紧紧抱住了烛的火……

烛清楚地看到蛾的双眉向上一扬，呈现出一种泰然快慰的表情……烛清楚地听到蛾"啊"了一声。那声音中一半是痛楚，一半是幸福……烛的火苗随即灭了……烛泪在黑暗中将蛾"浇铸"……

第二天，女孩儿想起了烛……她将残烛捧给妈妈看，奇怪地问："妈妈，怎么会发生这么悲惨的事？"她的妈妈没有正面回答，只是说："飞蛾扑火嘛，常有的事儿，快扔了，多脏！"她又捧着去问爸爸，爸爸说："由飞蛾扑火，应该想到'自取灭亡'一词对不？蛾不但讨厌，而且有害，死有余辜，死不足惜！"

女孩儿并不满足于爸爸妈妈的话。她独自久久地捧着残烛看，心中对蛾油然生出一缕悲悯……女孩儿将残烛和蛾郑重其事地埋葬了。如同合葬了两条死去的鱼，或一对鸟、一双蝶……

女孩儿对"飞蛾扑火"的现象，显然有着与爸爸妈妈相反的看法和联想。后来，女孩儿上中学了。她在她的作文中写到了这件事。老师给予她的是她作文中最低的一次分数，还命她将她的作文在语文课上读了一遍……

老师评论道："蛾是有害的昆虫。怎么可以对有害的昆虫表达惋惜呢？这是作文的主题发生理念性错误的一例……"她对老师的评论很不以为然。

再后来，她上大学了，工作了，恋爱了……她的恋人是她中学的男生。有一次她问他："你常说我美。告诉我，我究竟美在哪儿？"他立即便说："美在双眉！你知道你有一双怎样的眉吗？你的眉使我联想到'蛾眉'一词。而且认为，在我见过的所有女性中，只有你的双眉，才配用'蛾眉'二字形容。你的眉使你的脸儿显得那么清秀，衬托得你的眼睛那么沉静，使你有了一种婉约又妩媚的女性气质……"

确乎地，在一百个女人中，也挑不出一个女人生有比她更美的眉；确乎地，她的双眉，使她的脸儿平添清秀……

"那么，告诉我，你从什么时候开始爱上我的？"

"在我们是初中同学时。你还记得你写过一篇关于蛾的作文吗？"

"当然记得。"

"你作文中有一段话是——与'自取灭亡'一词恰恰相反，'飞蛾扑火'使我联想到凄美的童话、忧伤的诗以及爱能够达到的无怨无悔。当时我就对自己说——这个女孩儿我爱定了！"

她哭了。她偎在他怀里说："谢谢你爱我，谢谢你懂我。我是那种为爱而来到这世上的女孩儿。我期待着爱已经很久了。我知道像我这样的女孩儿如今已经不多了，可我天生这样不是我的错。谢谢你用你的爱庇护我这样的傻女孩儿……"

而他说："你不傻。我寻找像你这样的女孩儿，也找了很久了。找来找去，终于明白要找的正是你啊！"于是他俯下头深吻她……

有裂纹的花瓶

这是一只很普通的花瓶,深蓝色的,卷口,细颈,上宽下窄,最传统的样式,一件过时货,没有任何图案,除了通体的蓝色,也没有另外的釉彩点缀。

如今,已很难见到如此普通的花瓶了。正如已很难见到"解放"牌胶鞋;很难见到一件平纹或斜纹布的衣服;很难见到一只粗瓷大碗。

时代淘汰某些事物,真仿佛秋风从树枝上掠下落叶。

但这一只普通得不能再普通的花瓶,却有幸多次成为恭贺新婚之喜的礼品。

最先收到它的是一对儿六十年代末的新婚夫妻。

它当年的标价才两元几角钱。

送它的人觉得将它作为贺婚之物未免"礼薄",外加了五元钱。五元钱在当年是不少的"份子钱"。所以，它实际上等于是五元钱的陪送物。

这使花瓶怪失落的。它当然挺不情愿作为五元钱的陪送物。

幸而那一对儿新婚夫妻喜欢它。在六十年代末的中国，即使是城市人家，十之八九也并无花瓶。他们是一对儿年轻的知识分子。他们的新房特别简陋，除了一张旧双人床，连桌子也没有，两只旧木箱并列摆在一处，就算是桌子了。他们在上面蒙了一块塑料布，将花瓶摆在当中。花瓶旁是别人送的一只小闹钟。小闹钟也和花瓶一样，被新婚夫妻视为足以美观家居的"工艺品"。女主人找出一小块红布，叠了又叠，罩在小闹钟上。那是五月的日子，院子里有株老丁香树，正盛开着一簇簇淡蓝色的花。男主人剪下了几簇，插在花瓶里。简陋的新房，于是充满了让人迷醉的芬芳。

至夜，花瓶和小闹钟望着那一对儿新婚夫妻之间的无限恩爱，百般柔情，都深深地被感动了。

花瓶说："是人真好。"

小闹钟忽闪着钟盘上的一双"猫眼"说："是啊！"

花瓶又说："爱情真好。"

小闹钟心有同感地说："如果我的弦上得不是这么满，我宁愿我的指针移动得慢些，再慢些，好让这一对儿爱人度过一个很长很长的新婚之夜。"

斯时，丈夫捧着妻子的脸，吻着她说："我爱你！"

妻子也说:"我爱你!"

说这话时,她的眼睛好亮好亮。

花瓶就悄悄地对闹钟说:"听到了吗?我敢肯定,他们都在说诗句呀!"

闹钟喃喃回答:"如果这么美好的话语还不是诗,世界上就没有诗了。"

正是从那一刻起,普通得不能再普通的这一只花瓶,具有了与人性相通的灵性。

后来,就是"文革"了。那对儿夫妻去干校之前,又将它作为礼品,送给了另一对儿新婚夫妻。他们也觉得怪拿不出手的,也觉得应该外加几元钱。妻子说:"那就再加五元吧。"

丈夫说:"不妥。好像把人家曾送我们的,又过手转送了似的。加十元吧。多加五元,性质就不同了。"

于是,那花瓶又当了一回十元钱的陪送物。

在以往的年代,花瓶其实是一般人家的多余物。大多数城市人家,即使有花瓶,也无鲜花可插。在乎家居情调的人们,年节前只能买到纸花插。但纸花太招灰,招了灰的纸花又且不能洗,往往年节一过,蒙上了灰的纸花被扔掉,花瓶便只不过是一件摆设了。

花瓶这样的多余之物,正适合做礼品转送来转送去,尤其是在逢年过节的时候。以往中国人的收入普遍低得可怜,所以对此绝对"理解万岁"。只不过那花瓶每被转送一次,必有钱钞随贺罢了。钱多于五元时,花瓶就觉得委屈。因为那样一来,它似乎就更不被看重了。它不愿是陪送物。钱少于五元时,送的人自然局促窘迫,但花瓶却特高兴,因为它觉得这是以自己为主了。

于是花瓶转移了一家又一家……

从自己是花瓶的那一天开始,它便有着一种愿望,且变得越来越强烈,那就是,它渴望拥有属于它这只花瓶的一束鲜花。哪怕一枝也好啊!

这乃是花瓶的本能的愿望。

于是,这一只花瓶它害上了一种病。我们人将那病叫作单相思。丁香花的芬芳,一直弥漫在它的回忆之中,它十分懊悔自己曾拥有那几束丁香花时,竟不太懂得爱情。它暗暗发誓,倘自己又拥有了一束花,不,哪怕一枝花,它对花将比人对人爱得还痴情。它要每天对它的爱人说一百遍那样的诗句——"我爱你!"

八十年代以后,中国人的生活水平普遍提高了。它这一只花瓶,不可能再有幸被当作贺婚礼品转送了。那会大遭白眼的。

结果它在最后一位主人家里成了多余之物。

尽管它内心里铭记了那么多人间爱情的悲喜剧……

某天,女主人拿起它说:"越看越难看,还得擦,扔了得啦!"

男主人说:"别扔啊!好歹曾是当初人家送的礼品。你要实在觉得难看,搁窗台上吧!"

于是花瓶连被摆在屋里的资格也没有了。

它从此被弃置于阳台的一个角落……

男主人清理阳台时,将它碰倒了。结果,它就出现了一道裂纹,不太长,所以不太显眼,不仔细看是发现不了的。裂纹在瓶腰处,自然容易漏水。

"唉,这下可彻底没用了!"

男主人拿起它,心想干脆把它摔碎算了。正要动手,又改变了主意。人恋旧物那一种情结,在他心里起了作用。他推开阳台窗户,将它放在阳台护栏内了。

这户人家有了一只新的花瓶,造型美观的一只水晶花瓶。男主人和女主人结婚整二十年了,朋友们送给他们这一纪念品。

到处都可以买到鲜花了。女主人喜欢花。水晶瓶里没断过鲜花。

那只有裂纹的花瓶,从阳台护栏内,是可以看到屋里那只水晶花瓶的。

它羡慕极了。

它忧伤极了。

花瓶对鲜花的渴望正是它对爱的渴望呀!

它也能从阳台护栏内,望见对面一栋楼的所有窗子。一户户的人家窗后有花瓶。九十年代的花瓶,造型皆那么新颖美观。所有那些它能望见的花瓶,都插着令人赏心悦目的鲜花。

它想拥有一束花,不,它仅仅想拥有一枝花的愿望,于是更加强烈了。

那乃是被羡慕和忧伤折磨着不泯的一种愿望。

……

又有一天,女主人新买来一束花。她将插在瓶里开败了的那束玫瑰花取出,看到了带蕾的花枝,仅有一枝,太细弱了,花蕾也太小,把它重新插到花瓶里,怕是根本开不了的,她想。

在阳台处,她一眼瞥见了那只有裂纹的花瓶:"喏,赏赐给你吧,废物!"

她随手将那枝她认为根本开不了的花插入了花瓶。

有裂纹的花瓶激动得浑身一阵颤抖。

"哦,上帝,上帝,仁慈的上帝啊!我也终于有一枝属于我自己的花了!现在我可以用尽心思来爱这一小枝花了!虽然我很丑,虽然我被视为废物,但我将用我全部的爱,向我的爱人来证明我会爱得多么温柔、多么永久……"

可是,它哭了。因为它意识到,自己毕竟是一只没有水的花瓶啊!

水!

它曾见惯了人们对水的浪费。

但是,它却没有一滴水。

非但没有一滴水,而且被阳光晒得通体发烫。它听到已属于自己的那一小枝花,被它灼伤时发出一阵呻吟。

哪怕把要从水晶瓶里倒掉的水,给我一点点也好啊!

但它眼睁睁地看着女主人双手捧着水晶瓶换水去了……

一会儿,水晶瓶又被摆在了原处。插在水晶瓶里的一束白玫瑰,吸足水分,显得那么水灵!仿佛每一片叶子和花瓣都往外渗着一层水珠似的。

但是它一滴水也没有。它和它的"小爱人",只有绝望地相伴哭泣。

两三个小时后,它的"小爱人"蔫萎了……

夜里,在它的"小爱人"昏睡了以后,有裂纹的这一只被弃的花瓶,虔诚地向上帝祈祷:"仁慈的上帝啊,你何以赏赐我爱,却不赏赐我营养爱的水分?你何以赏赐我这样一位楚楚可人的小爱人,却反而使我成为伤害她的罪人?如果你真是仁慈的,那么请你降一场大雨吧!……"

乌云汇聚……

闪电……

雷鸣……

好一场大雨!

那一小枝花被雨淋"醒"了。

有裂纹的花瓶,在雨中盛接了满满一瓶水!

花说:"谢谢你的祈祷。"

有裂纹的花瓶说:"现在,我不知自己有没有爱你的资格,但我可以说出那句神圣的诗了——我的小爱人啊,我爱你!"

花就羞得低下了头。

花多情地在瓶口边,也就是在它的唇上吻了许久……

然而,毕竟是有裂纹的。天亮时,花瓶中的水只剩一半了,它万分忧虑。

花安慰道:"我的爱人啊,你高兴起来吧!我有办法弥住你的裂痕呢!"

于是花就尽量地从它的枝中分泌出一种汁液,那汁液渗入了花瓶的裂纹里;花瓶跟着尽量绷紧它的身体,以使花的汁液更容易粘住自己的裂纹。

花那样对自己是非常不利的。因为它分泌出液体的同时,也在损失着养分;瓶那样对自己是非常危险的。因为如果掌握不好力度,它则太容易因用力过大裂为两半。

但是它们为了它们的爱,为了爱对方,都宁愿付出,宁愿冒任何危险。

裂纹被粘住了。

半瓶水不再外渗了。

花渐渐恢复了生机,叶子开始变得滋润了,花蕾也一日日变大了。

花瓶陶醉在它的幸福之中。它每天都对它的"小爱人"说无数遍"我爱你!",每天都给它的"小爱人"讲自己的经历。在花听来,它的经历那么曲折,那么富有传奇性。当它讲到伤感处,花就用吻安慰它的心情。有时,花瓶会自暴自弃,花就挺自豪地对它说:"我亲爱的爱人啊,不要贬低自己吧!

你应该明白你是多么值得我爱呀！因为你的历史使你有另外一种精神另外一种气质啊！这一点并不是什么高级的材料和成本所能带给一只花瓶的呀！"

终于有一天，花蕾完全开放啦！

红艳艳的一朵玫瑰，开放得那么娇美！那么妖娆！

花瓶幸福得终日对它的"小爱人"说缠绵而甜蜜的情话，唱热烈而浪漫的情歌。说也说不完，唱也唱不够。花，一直那么娇美那么妖娆地开了六天。

在那六天里，瓶所感到的无限幸福，一天比一天浓，一天比一天深。用人的话说，瓶简直"幸福死了"！

第七天早上，男主人望着阳台外诧异地说："咦，怎么那破花瓶里有枝花在开着？"

女主人一边对镜梳妆一边回答："是前几天扔进去的。既然开了，就取出来插水晶瓶里吧。搁在那破瓶里谁能看到呢？"

于是男主人走到了阳台上。

"永别了，我的小爱人！"有裂纹的花瓶顿时哽咽起来。

眼望着男主人，花低头吻着瓶的唇，镇定地说："不，我亲爱的爱人，我只属于你这只有裂纹的花瓶，因为没有你，我不会开放。"

"我的小爱人啊，别管我了，到水晶瓶那里去吧！那一束白玫瑰会把你衬托得更娇美！"

"如果那样，我将再也吻不到你了，将再也听不到你对

215

我说的情话为我唱的情歌了……"

男主人探臂将有裂纹的花瓶拿在手里,他奇怪它有裂纹怎么还能存住水?

"我们的爱情多么美好啊!亲爱的,我感激你啊!"花泣不成声。

花瓶轻轻点头,早已悲伤得说不出话来……

当男主人的手刚将花从瓶中抽出时,那有裂纹的花瓶猝然四分五裂,碎片溅落,水也洒了一地……

几乎同时,人手中娇美的玫瑰花,刹那间凋零了,变成了秃枝。

红艳艳的花瓣,每一瓣都落在花瓶的那些碎片上。

它们以这样的方式,完成了自己生命的最后一次拥抱,依偎,亲吻。

"爱你!……"

"爱你!……"

——真正的爱情,乃是义无反顾的、身怀感激的,因而具有誓言和诗性的意义。

——出于感激而言爱情是不真实的;为了爱和被爱而彼此感激,爱情之"情"就更浓更深了。

此情可贵……

静好的时代

读书对人有什么好处呢？某些外国电影中每有这样的对话：就一人游说另一人参与某事，另一个问，对我有什么好处？事关好处，老外们喜欢直截了当。所谓好处当然可以指精神上的。

我常被"绑架"到各种场合劝人读书，我觉得这是一件极尴尬的事情。劝人读书就好像劝一个不喜欢运动的人要坚持健身一样，而我碰到的许多不健身的人经常跟我说，长寿的秘诀就是吸烟、喝酒、不锻炼。你要碰到一个不读书的人，他说，我没有觉得对我有任何损失，事实上你是无语的。因此，我谈的是读闲书。闲书与闲书不同，有的闲书不值一读，有的闲书人文元素的含量颇高。读后一类闲书即使不能益智，起码也能养心怡情。在那样一些场合往往并没有人直截了当地问：读书对我有什么好处？然而我却看得出，几乎所有的人内心里都在这么问。事关好处，国人之大多数仍羞羞答答的。其实大家心里也都在问，读书究竟对人有什么好处呢？现而今，谁愿意将时间用在对自己什么好处也没有的事上呢？非说"书中自有颜如玉，书中自有黄金屋"，那就等于是忽悠。若说书是知识的海洋，其书恰恰指的不是闲书，而是专业书，而是学科书。若说书能养成气质，无非指的是书卷气，要形成那种气质得读很多的书，而且论到气质，谁又在乎自己书卷气的有无呢？分明当下更令人肃然起敬的是官气和财气，谁敢说官气和财气就不属于气质呢？要知天下事，看报、看电视、上网就可以了。凤凰卫视有一档节目便是《天下被网罗》，专门报道网络新闻，何必读闲书呢？要了解历史吗？网上的史实资料足可以满足一般人对史的兴趣。都说读书的人会有别种幽默感，但目前中国人最不缺乏的就是幽默感，微博、短信每天互夸的幽默段子不是已经快令国人餍足了吗？

那读书究竟对人有没有好处呢？我个人觉得，如果一个人自觉地摆正自己是人类一员的位置，就好回答。因为文字的产生开启了人类真正的历史，同时派生了传播知识思想和信仰的书籍。工具的发明只不过使人类比其他动物在进化的长征中跃进第一步，运用工具使人类的智商在生物链上独占鳌头。但是，如果没有书籍的引导，人类只不过是地球上智商最高，但也最狡猾、最凶残的动物。世界上没有其他动物像曾经的人类那样，以食自己的同类为乐。地球上只有人吃人才载歌载舞。书籍是人类最早的上帝，教我们的祖先有所敬畏、忏悔和警戒。读书，世界读书节，是体现人类对书籍感恩的虔诚心。

为什么一个国家读书人口的多少也标志着该国的文明程度呢？因为读书不但需要闲暇的时间，同时需要人在那一时段有静好的心情。有些事人在不好的心情下也可以做，比如饮酒、吸烟、听音乐。有些事会使人产生好心情，但不见得是一种又沉静又良好的心情，甚至可能是一种失态、变态、庸俗的所谓好心情，比如集体的娱乐狂欢，比如成为动物斗场上的看客。对于人，只有一种事能使人处于沉静又良好的心情，沉静到往往可以长久地保持一种姿态，忘了时间，达到一种因为自己的心情沉静了，似乎整个世界都沉静下来的程度。找到一种内心里仿佛阳光普照，或者清泉淙淙流淌，或有炉火散发着中意的暖度。细细想来，这么一种又沉静又良好的时光，迄今为止，除了是读书的时光，几乎还是读书的时光。当然，指的是读好书。一个时代、一个社会将读书当成享受的人多了，证明它留给人的闲暇的时光是充足的，体现了高层面的人性化，同时证明人心的较良好的状态是常态。失业者的闲暇时光也是有的，但如果长期失业，他们会因那样地被闲暇而脾气暴躁，希望他享受读书时光的静好，是站着说话不腰疼。故读书人口多了，间接证明一个时代、一个社会本身是静好的时代、静好的社会、静好的国家。反之反证。

　　数字阅读的时代来临，是否意味着人类将会告别读书这一古老而良好的习惯呢？有人断言那是早晚的事，最快五十年后便成现实。我认为不会，起码一百年后还不会。一百年后的地球怎样呢？没谁说得准。为什么不会呢？因为人与书籍的亲情对于一部分读书人类而言，早已成为基因，成了DNA的一部分。小海龟一出壳就会朝向海岸爬，有读书习惯的人类的后代，往往两三岁的时候就会本能地将带图带字的书籍往父母手中塞，小孩子与书籍的亲情是父母日常习惯示范的结果。一位母亲给自己的孩子读书上的好故事，永远是人类的美好式亲情。不管水平多高的朗读者的录音，起初都比不上坐在孩子身边的母亲捧书亲读。人长大以后一般不会牢记偎在妈妈怀里吃奶的细节，但听母亲给自己读书的温馨往往会成为终身的记忆。只要有携带读书基因的父母，人类的读书种子便会一代代繁衍不息，写书的人、出版者、发行者、图书馆工作人员，是为这样一些人类服务的。后一种人某一历史时期会少，但永不会绝种。数字书籍与纸质书籍并非前者灭后者的关系，而有时也应该是相得益彰的关系。

　　一位母亲教自己两三岁的孩子用手机或平板电脑，这种情形不论是画、是摄影，在我看来都是可怕的，会使我做噩梦，梦到外星人变成了人类的母亲们，而将人类真正的母亲给害死了。今天的广告创意者是多有才能呢？为什么苹果也罢，三星也罢，包括我们刚刚看到的那个广告图片也罢，从没有人推崇过以上情形的广告,就是一位母亲在教自己两三岁的孩子看手机,对吧?因为那也许将遭到集体的抗议甚至起诉,罪名是企图异化人类后代,使人类从基因上变种。

博客时代很快就被微博时代抢了风头,微博时代已分明是强弩之末,海量的段子令人眼花缭乱,这个情形似乎已经过去,人们转发的兴致已经不那么高了。原来的时候我有明确的感觉,我在初用手机的时候每天都得转发个段子。后来我碰到转发的人,问,你们怎么不转发给我了?他自己有一点索然了,因为太多了,他已经转发过一年的光景了,他玩腻了。微博是什么呢?微博最使人刮目相看的是传播消息的速度,远快过报刊、广播、电视。但人类不是仅仅靠知道一些事才感觉到自己存在,人类还要知道某些人为什么成为那样一些人,某些事为什么会发生,更要知道自己属于哪种人、什么人,如果想要改变怎样改变。人生苦短,应当活出几分清醒,唯有书籍能助人达成此点。电脑功亏一篑,而手机不能,甚至恰恰相反。我跟我的研究生谈过一次话,因为她是眼睛红着在跟我谈论文,我问昨天晚上干什么了,她说昨天晚上在网上阅读了。我问几个小时,她说三个小时到四个小时。我问她一直在网上阅读老师给她留下书目的那些文章吗?她说不是,半个小时之后她想轻松一下。我说半个小时之后,又之后呢?她说又之后她就下不来了,就去看别的了。我不太相信,有人在网上读雨果的《悲惨世界》,读托尔斯泰的《战争与和平》,读《追忆似水年华》。好多名著都不可能是在网上读的,所有那些在网上阅读的人,十之七八是忽悠我们,他在冒充读书人。

我建议小学五六年级的学生应该像断奶那样告别儿童的文字故事,开始读少年故事,而初中生应该开始读青年故事,高中生应该开始读一切内容健康的正能量的成人书籍。总之读书这件事起码要超越实际年龄两三岁,否则谈不上益智,怡情也太迟了,怡心则成马后炮。我认为对于今日之儿童少年,怡情、怡心比益智、励志更重要。我们现在到处看到的励志,都想让大家成为大款,我们的儿童、我们的孩子们似乎只剩下了这么一种志向。一个智商较高但缺乏人性之美的人,即使外表再帅再靓,也很难是可爱的、令人敬佩的。谁不希望自己是可爱的呢?这是我们人作为人的底线,读书能使我们保持这种底线。

故我建议当下之中国男性也应该多读一些出自女性笔下的文章、文学作品、书籍。我的阅读体会是汉文字在当代女性笔下呈现的种种优美似乎超过了男人,不但喜读而且爱写的中国当代女性向汉文字、汉词汇中注入了前所未有的灵动、俊美的气息。同样,我也建议当下之中国少女、姑娘们读一些男人们笔下的文章、文学作品,这里主要讲散文、杂文、随笔以及较有思想含量的书籍。这年头知识泛滥,而思想,对于中国人却又是弥足珍贵的。如果当下之中国女性仅仅陶醉于自己是极感性的动物,是我们这个时代的悲哀,毕竟女性是半边天。如果我们对这个时代不中意,改变它是男女共同的事业，而改变时代也需要靠思想。

我建议人们吸收中国传统文化思想时应取这样一种态度，如果说世界是地球村，那么文化思想，不论东方的、西方的，首先都是人类的。将传统文化思想当成盾，企图用以抵挡西方文化的心理，是我所反对的。我赞成各美其美、美人之美、美美与共的文化态度。阅读使女性变美，会使美女更美。我们看绘画史就知道，西方的油画史中多次画到阅读中的各种年龄的女性，而且既然进入了美术史，既然成为经典，一直到现在被人们欣赏而不厌，那就证明她真的是美的，再也没有比人类在阅读的时候的姿态更美的了。尤其对于女性，我个人觉得有四种姿态是最美的：第一就是阅读时的女性；第二就是哺乳着的年轻的母亲；第三就是恋爱中的女孩儿，哪怕她手持一枚蒲公英在遐想；第四就是白发苍苍的老妪闲坐在家门口的那样一种安适，我觉得这是非常非常美的。

谈到读书对人究竟有什么好处，我想举我自己的一个例子，就是我在下乡之前或在"文革"之前看过托尔斯泰的一个短篇叫作《舞会以后》，讲的是在要塞中做上尉副官的主人公伊凡爱上了司令官的女儿，那姑娘是相当俊美。有一天，这个司令官的花园里正举行派对，绅男淑女在月光下，挽着手臂浪漫地谈诗，谈爱情，谈崇高的情操，谈人格的力量等。而就在花园的另一端，在实行着鞭笞，在鞭打一名开小差的士兵，因为他回家去看了自己生病的孩子。这时就有了伊凡和司令官女儿的对话。他问那女孩为什么,女孩告诉他原委。他说:"你去替我请求你的父亲可以终止了,因为我已经暗数了已经鞭笞的次数。"那女孩说:"不,我不能,这是我父亲的工作,他在执行他的工作,以后你如果成为我们家庭的一员,你应该习惯这一点。"伊凡吻了她的手之后告辞了,他在心里面对自己说:上帝啊,哪怕她是仙女下凡,我也不能爱这样的女孩。这样的女孩之可怕就在于,我们从二战中的一些资料中可以看到,在屠杀犹太人的时候,纳粹军官和他的妻子孩子们可能正在领导督察,显示出德国上流社会的某种姿态。

一个人在他少年的时候读到这样的书,这书肯定影响了他的心灵,这使我有资格对外国记者们说——当他们来采访我的时候问,你在"文革"中的表现的时候——对不起先生们,你们选错了人,我正是在"文革"中知道怎样去关怀人、同情人,暗中给人一点温暖。